새벽
감성

강보영 수필집

새벽 감성

한누리미디어

차례

1부 _ 나는 새벽이 좋다

2부 _ 벚꽃비가 내리면

차례

3부 _ 음악은 나의 뮤즈

4부 _ 햇살이 책에 내려앉을 때

제 1 부

나는 새벽이 좋다

감수성이 예민해지고 싶은 새벽

．
：
：
．

나는 요 근래 잠을 몰아서 잤다. 요즘에는 아침에 일어나는 게 습관이 돼서 새벽에 잘 일어나지 못한다. 그런데 내가 이번 주 토요일에는 새벽기도를 가고 싶고, 일요일에는 새벽운동을 가고 싶어서 무리해서 평소보다 빠르게 일어났다.

그런데 웬걸… 월요일 날 폭풍 잠이 쏟아졌다. 핸드폰을 보니 시간은 벌써 낮 1시. 아침에 나가질 않으니 집 밖으로 나가기가 싫어졌다. 그래서 계속 침대에서 잠을 잤다.

다음날 화요일은 아침에 늦장을 피우며 늦잠을 잤다. 10시 정도까지 잤을까. 계속 침대에서 잠을 청한 뒤, 오후 1시가 되어서야 동네 청자다방으로 갔다.

동네 청자다방에는 오픈했을 때부터 알고 지낸 사장언니가 있고, 내

사정을 알고 있어서 시간 보내기가 뭣하면 놀러오라고 해서 고맙게도 갈 수가 있다.

그리고 또 잠을 자고 수요일 날, 일어나서 핸드폰을 보니 10시. 세수를 하고, 이를 닦고, 외출복으로 갈아입고서 동네 청자다방으로 갔다.

그리고 카페라떼로 심신을 깨우고 달래준 뒤, 집으로 가서 컵라면을 먹고 원피스를 입고 화장을 했다.

그리고 면접을 봤다. 그리고 다시 동네 청자다방으로 가서 초코라떼를 마셨다. 초코라떼는 정말 달콤하고 진해서 맛있었다.

그리고 핸드폰을 보고 만지며, 수다를 떨면서 시간을 때운 뒤, 집으로 왔다. 그리고 씻었다.

조금 뒤, 부모님이 오시고 같이 밥을 먹고 티브이를 보다가 프랑스 남부지방 여행이야기가 나오는 프로를 봤다.

그리고 내 방으로 들어왔는데, 감수성이 예민해지고 싶은 새벽이 찾아왔다.

감수성이 예민해지다. 외부자극에 빠르게 반응하고, 이해력이 높은 것이라는데. 예를 들어 슬픈 영화를 보고 주인공에 몰입해서 우는 사람은 감수성이 예민하다고 할 수가 있대나.

나는 지금 '잠 못드는 여름 밤, 좋아하는 감성 팝송 때려 박은 플리(플레이리스트)'를 유튜브로 듣고 있다. 후덥지근하게 가시지 않은 여름 낮의 열기를 식혀 주는 좋은 플레이리스트다.

　나는 너무 많이 잠을 잤기에 지금 잠을 자지 못하고 있다.

　하지만 이 새벽을 즐길 수 있는 좋은 방법을 연구하다가 팝송을 들으며 글을 쓰고 있다.

　감수성이 예민해지고 싶은 새벽이다. 오늘 아파트에서 떨어지는 여름비에 우산을 쓰고 밤에 걸어가는 사람들을 창밖으로 보았던 게 기억이난다.

　그리고 조금만 움직여도 땀이 나는 더운 날씨에, 나무 그늘진 푸른 길에서 조금은 무더운 여름바람이 나를 스치던 기억도. 그리고 푸른 길을 걸으며 웃고 수다 떨던 아줌마들의 얼굴도.

　감수성이 예민한 건 감독, 배우, 작가, 음악가, 가수, 화가 등 예술가가아닐까 한다. 예술이란 게 아름다움을 표현하고 창조하는 인간활동과 그 산물이라고 한다는데. 아름다움에 초점을 맞추고 그것을 극대화시키는 예술가는 그 아름다움이라는 외부자극에 빠르게 반응할 수 있는 만큼 감수성이 예민한 것일 테니 말이다.

　그리고 그 아름다움을 극대화시키는 건 그 예술가의 역량이겠지 싶다. 예술가의 역량에는 경험, 배운 것, 인생, 보고 들은 것, 대인관계, 신앙 등등 많은 것들이 있을 테지만 그 핵심에는 그 예술가의 감수성이 예민한 정도에 있다고 생각한다.

　그래서 나는 감수성이 예민해지고 싶다. 좋은 쪽으로 말이다. 작가로서 더 성장하기 위해서도 필요하고, 보내는 시간을 더 즐겁게 보내기 위해서도 내 삶에서 아름다움을 발견하고 그것을 글로 녹여내기도 하고, 그럼으로써 독자들에게 이런 아름다움을 보여주고 싶고, 또 내 인생을 아름답게 보내기 위해서 말이다.

겨울과 눈

·
·
·
·

겨울은 12월부터 2월까지를 말한다. 그리고 겨울에는 눈이 많이 내린다. 눈은 대기 중의 구름으로부터 지상으로 떨어져 내리는 얼음의 결정이란다. 눈은 흰 빛을 띠고 있으며, 차갑다.

겨울은 4계절 중 가장 추운 계절이며 사람들은 옷을 두껍게 입는다.

겨울을 나는 중에는 12월 25일 크리스마스도 있고, 2월 26일 내 생일도 있다.

겨울이 시작됨을 알리는 첫눈이 내리는 것을 사람들은 기다린다. 첫눈이 온다는 것에 들뜨고 로맨틱하다고 느낀다면, 아직 그런 사람들은 청춘이다. 몸은 나이가 먹었을지라도 생각과 마음은 이팔청춘이다.

겨울에 눈들이 나뭇가지들 위에 얹혀져 있는 것을 눈꽃이 피었다고 한다. 눈꽃이 피어난 겨울의 거리는 멋있다. 순백색의 눈꽃이 거리거리마다 피어나면 사랑하거나 절친한 사람들끼리 함께 시간을 보낸다.

눈이 내려앉은 거리를 같이 걷거나, 아니면 눈이 내렸거나 눈이 내리고 있는 광경을 보며 사진도 찍고, 함께 수다를 떤다.

한국의 겨울은 외국인들이 느끼기에도 너무 춥다고 한다. 한국의 여름도 너무 덥다고 한다. 나는 여름마다 에어컨이 강하게 틀어진 곳에서 시간을 보내거나 집에 들어와서 에어컨을 틀고, 찬물샤워를 해서 여름을 났다.

겨울에는 옷을 따뜻하게 입고 밖에 나가거나 집에서는 전기장판에 몸을 지지기도 하고, 보일러를 틀어놓곤 한다.

겨울이 되면 눈이 오고 추운 것은 당연한 것이다. 눈이 부리는 마법은 굉장하다. 온 세상에 흰 빛을 뿌려놓고서 세상을 밝힌다. 순백색의 눈은 순수하고 아름답다. 눈은 뭐랄까, 첫사랑의 느낌이랄까.

눈이 뒤덮인 세상을 보면 아름답기도 하고 순수하기도 하고 설레인다. 눈이 오거나 눈으로 덮인 세상을 보면, 내가 살고 있는 이 세계가 한층 더 밝아 보이고, 한층 더 낭만적이고 로맨틱해지며, 한층 더 가슴이 뭉클해지고 따뜻해진다.

겨울이 되면 눈이 내린다. 겨울이 오면 춥기도 하다. 오늘 또 어떤 매서운 칼바람이 날 찾아올지 모르지만, 이 추위를 나고 나면 또 봄이 오니깐. 그것으로 안심이다.

그리고 나는 겨울의 추위를 이겨내고야 만다. 겨울은 가도 나는 봄을 또 맞으니깐.

겨울은 겨울잠을 자지만 나는 봄을 맞고 여름을 지내고 가을을 보내며 또 다시 올 겨울을 기다린다.

겨울아, 부탁해! 나하고 좀 더 친하게 지내자. 내가 온전히 너란 겨울을 즐겁게 날 수 있도록, 살짝만 덜 춥게 해 줘.

공주병

.
.
.
.
.

나는 알고 있으면 알고 있는 것을 마구 말해야 직성이 풀리는 성격이다. 내가 잘 아는 것을 아는 척 모르는 척 미적지근하게 있으면 내가 답답해서 못 견디겠다. 어떤 사람들이 볼 때는 잘난 척이 심하다고 볼 수도 있겠다.

그런데 내 성격이 이런 것을 어쩌나. 민망하다. 내가 아는 척하는, 일종의 변명이고 자기해명이니 말이다.

다른 사람들도 그런가? 다른 사람들도 잘 알고 있는 것을 그냥 가만히 있고는 못 있을 것 같다.

그런데 나는 유독 더 심한 것 같다. 그래서 엄마가 나를 공주병 환자라고 한다. 자아도취증 환자라고. 맨날 셀카를 찍어대고 아는 척을 해대니 말이다.

그래서 나도 내가 공주병 걸린 게 아닌가 하고 의심스러워서 공주병 테스트를 했더니 자기애와 이성애의 중간에 있다고 한다. 가장 좋은 케이스. 그러나 자칫 하다간 공주병에 걸리기 쉽다고. 나는 공주병 걸린 사람을 극혐하는데, 덕혜옹주나 박근혜가 그렇다. 둘 다 공주병이 심하다.

덕혜옹주는 실제로는 대한제국이 멸망한 뒤 태어났다고 하나 영화에서 봤을 때에는 대한제국의 마지막 황녀였다. 나는 영화를 본 것을 토대로 덕혜옹주에 관하여 논하겠다.
다시 한 번 말하지만, 영화에서 덕혜옹주는 대한제국의 마지막 황녀였다. 황녀는 황제의 딸로 공주를 이르는 말이라고 한다.
아빠가 덕혜옹주는 공주병에 걸렸다고 했다. 자기가 언제까지 공주일 줄 아냐고. 나라가 망해가는데 언제까지 극진하게 대접을 받아야 하느냐고. 현실을 자각하지 못했다고 했다. 꿈속에 살고 있다고 했다.

그러고 보면 공주병에 걸렸다는 것은 현실을 자각하지 못하는 데서 비롯되는 것 같다. 공주가 공주병 걸리면(약한 척하거나 극진하게 대접받기를 원하면) 그건 병이 아니라 당연히 그럴 수밖에 없다.
그러나 공주도 아닌데 공주병에 걸리면 그것만큼 민폐 끼치는 병이 없다고 생각한다. 보통 사람들은 어려움을 이겨내면서 극복하며 살아가고 자신이 아무 것도 해놓지 않고는 극진하게 대접받기를 원하지 않는다.

그런데 공주병에 걸린 사람들은 그렇지 않다. 보통 사람들은 이겨내는 어려움도 극복할 노력도 별로 하지도 않고 힘들어하며 뭐 이루어놓은 것도 없으면서 극진하게 대접받기를 원한다.

박근혜도 그렇다.

세월호 사건이 한국인 304명의 생목숨을 빼앗아갔는데, 정작 그 당시 박근혜는 무엇을 하고 있었는가? 침실 집무(놀면서 TV 시청)에 머리 손질, 최순실(똑똑한 멘토이자 절친한 친구) 회동까지… 한 나라의 대통령이란 사람이 그렇게 안일하게 나라를 돌보아도 되는 것인가?

박근혜는 그렇게 나랏일을 소홀히 할 거였으면 애초부터 대통령에 출마하지를 말았어야 했다. 감옥살이를 하게 된 것은 안타까우나 박근혜가 자초한 일이다. 여자이기 전에 대통령이 아닌가? 한 나라의 정치와 경제 등 모든 것을 돌봐야 하는? 박근혜도 영화 속의 덕혜옹주와 비슷한 케이스다.

영화 속의 덕혜옹주는 대한제국의 마지막 황녀(공주)였고 박근혜는 박정희 대통령의 딸이다. 박정희 대통령이 그 당시 세력이 어마어마했고 독재정치로 모든 것을 휘둘렀다. 그러한 아버지 밑에서 자란 딸이니 공주 대접을 받았을 건 당연하겠지만 말이다.

사람은 현실을 빨리 자각하고 그에 순응해서 빨리 적응해야 한다. 옛날에 위세를 떨치고 살던 공룡들은 기후 변화에 적응하지 못하여 도태되고 멸종되고 말았다.

하지만 바퀴벌레는 그렇지 않다. 바퀴벌레는 이 지구상에서 가장 오래 산 생물이라고 알려져 있다.

이렇게 살려면 빨리 현실을 자각하고 빨리 적응해야 한다. 빨리 적응하지 못하면 얼마나 살기 힘들어지겠는가. 본인은 두 말할 것도 없거니와 주변인들은 현실에 적응하지 못한 사람을 만나면 얼마나 피곤하겠는가.

우리 모두 깨어 있어서 현실을 자각하고 빨리 적응하도록 하자. 살아 있기에 적응은 어쩔 수 없이 꼭 해야 하는 불가피한 선택이다.

나는 새벽이 좋다

•
·
·
·
·

새벽에 길을 나서는 것은 참 즐겁다.

새벽에는 하루를 시작하는 고요함과 상쾌함이 있다.

새벽에 깔린 옅은 어둠을 보고 있노라면 하루를 시작하는 데 있어 숙연해지는 정적이 따른다. 그리고 어스푸름한 기운에 청아한 기운을 느낄 수 있다.

나는 고단하고 깊은 밤잠을 다 이루고 난 뒤에, 간단한 세수와 양치질을 한다. 그리고 홈웨어에서 활동할 옷으로 갈아입는다.

그리고 나서 집과 가까운 편의점에 들려 더블샷 에스프레소 & 크림 캔 커피를 사서 마신다.

진한 커피 향에 더불어 나오는 감미로운 맛.

아침 일찍 일어나 캔커피를 마셔보지 않은 사람은 모른다.

아침 일찍 일어나 오늘 하루를 활기차게 보낼 수 있을 것만 같은 느낌.

캔커피의 마개를 따는 손놀림과 탁 하고 따지는 캔커피 마개의 맑게 울려 퍼지는 소리.

푸른 빛이 감도는, 고요하고 아름다운 새벽.

하루를 일찍 시작할 수 있다는 것조차 감사하고 즐거운 일인데, 그것도 음료 중 가장 맛있고 향이 좋은 커피와 함께 하니 얼마나 감사하고 즐거운 일인가.

나와 음악과의 관계

나는 나와 음악과의 관계를 교수님이 리포트로 내주시기 전에 어렴풋하게 생각해 본 적이 있다. 그것이 언제인지 잘 기억은 나지 않지만 대학교에 막 들어갔을 무렵, 아침에 일찍 길을 나서다가 음악을 들으며 문득 그런 생각을 하게 된 것 같다.

나는 음악을 일종의 마약으로 생각해 보았다. 마약은 중독성이 강한 특징이 있다. 하지만 나는 음악에 중독돼 본 적은 없는 것 같다. 내가 주목하려는 것은 마약의 다른 특징, 마약을 하게 되면 엄청난 쾌락을 느끼게 된다는 것이다.

즉, 나는 음악을 들음으로써 아프고 힘들었던 상처들을 아무것도 아니게 느껴지게 된다. 물론 슬프거나 힘들고 아팠던 기억들, 그 당시는 정말 죽는 게 낫겠다 싶을 정도로 힘들고 괴로웠다.

하지만 그것도 훗날에는 '아, 내가 이랬었지', '이것은 이런 감정이었다', '지금 와서 생각해 보니 별 거 아니네. 그 때 그 아픈 감정에 충실하기보다는, 다른 즐거운 것들에 집중할 걸' 하고 추억해 볼 수 있는 아름다운 과거의 시간들로 기억된다.

또 다른 것으로도 생각해 보았는데 음악은 나에게 새벽에 마시는 캔커피 한 잔과 같은 것 같다. 캔커피가 그렇듯이, 음악은 나에게 행복해지도록 주문을 거는 일종의 마법이다.

내가 좋아하고, 끌리는 노래들은 주로 사랑이 주제가 아니라 다른 테마가 있는 노래들이다. 내가 특별히 좋아하는 주제를 다루거나, 나의 일상생활과 관련 있는 내용들이 나올 때 그 노래에 끌린다.

나와 친분을 오랫동안 유지했던 초등학교 시절의 단짝이었던 친구가 있다. 그 친구와 나는 산수동에 살아서 그 친구네 집에 가서 놀기도 하고, 가까운 산봉우리인 장원봉 쪽 길을 걷기도 하였다. 이 장원봉 가는 길목에 나무들로 우거진 곳이 있었다.

이것은 불법이지만 우리들이 나무들을 침대 모양으로 구부리기도 하고 안에 짚을 깔기도 하여 우리들만의 아지트를 만들었던 적이 있다. 그리고 아지트에서 조금 더 걸으면 햇빛이 차단되고 시원한 바람이 술렁이고, 나무들의 맑은 공기가 뿜어져 나오는, 요즘 말로 힐링 되는 곳이 있었다.

나는 '러브홀릭'의 '차라의 숲'을 들으면 우리의 아지트와 아지트 쪽 그늘이 있었던 숲이 생각난다. 그리고 이 노래는 선율이 매우 곱고 신비로우며 몽환적이고 아름다워서 그 친구와의 추억이 생각난다. 또 그 친구와의 추억이 생각나는데, 말 그대로 공지영 씨의 책 제목처럼 '우리들의 행복한 시간'을 보냈던 기억이 떠오른다.

다음은 '러브홀릭'의 '차라의 숲'이다.

지구 어딘가의 모퉁이 나의 별이 있는 곳
푸른 새벽의 노래처럼 고요한 소원의 길
지친 마음 가득 베인 상처와
시린 눈물 달래줄 그 곳

손을 내밀어준 바람을 따라
달의 날개를 펴 꿈속을 날아가
Can't you feel?
Can't you feel my heart?

나의 숲이여 기적을 시작해

세상 너머 그 곳에선

우릴 기다릴 영원함이 있으니

내 시작과 내 끝을 함께 해

Can't you feel?

Can't you feel my heart?

시간의 벽 너머 어딘가 너와 내가 만날 곳

시들지 않는 무지개와 끝없는 사랑의 길

지워지지 않을 너의 향기와

남겨둔 약속의 시간들

손을 내밀어준 기억을 따라

달의 날개를 펴 꿈속을 날아가

Can't you feel?

Can't you feel my heart?

나의 숲이여 기적을 시작해

세상 너머 그 곳에선 우릴 기다릴

영원함이 있으니

내 시작과 내 끝을 함께 해

Can't you feel
Can't you feel my heart
나의 숲이여 노래를 시작해
세상 너머 그 곳에선
우리가 기억할 영원함이 있으니
그 시작과 그 끝을 함께 해

Can't you feel my heart?
영원함이 있으니
내 시작과 내 끝을 함께 해

또 '로이킴'의 'Home'이란 노래도 마음에 와 닿는다. 이 노래는 가사도, 분위기도, 선율도 매우 따뜻하고 감미롭고 편안하여서 정말 가사와 선율이 잘 어울린다고 생각한다.

나는 약대 들어가는 peet 시험을 준비해 본 적이 있는데, 이 노래는 힘들었지만 값졌던, 강남에서 생활하였던 시절의 향수를 불러일으킨다. 당시 합격할지 불합격할지 모르는 수험생의 초라한 상황 속에서 우리 집은 내가 초라하든 말든 내가 어떤 상황이건 간에 그런 건 상관하지 않고 나를 따뜻하게 반겨주고 아껴준다는 생각에 이 가사가 내 가슴 속 깊이 파고들었다.

그리고 peet 시험 준비하는 수험생활이 힘들고 고단해서 나를 위로해 주는 가족들의 모습이 생각났다.

다음은 '로이킴'의 'Home'이다.

화려한 불빛들, 그리고 바쁜 일상들 뒤에 숨겨진 초라한 너의 뒷모습과

하고 싶은 일 해야만 하는 일 사이에서 고민하는 너의 무거운 어깨를 위해

너의 발걸음이 들릴 때 웃으며 마중을 나가는 게

너에게 해 줄 수 있는 나의 유일한 선물이었지

어디 아픈 덴 없니 많이 힘들었지 난 걱정 안 해도 돼 너만 괜찮으면 돼

가슴이 시릴 때 아무도 없을 땐 늘 여기로 오면 돼

어두운 방에서 홀로 누워 사랑하는

사람을 사랑할 수 없는 너를 위해

현실 속에 무너져 내리는 가슴을 잡고

또 길을 나서는 너를 위해

너의 발걸음이 들릴 때 웃으며 마중을 나가는 게

너에게 해 줄 수 있는 나의 유일한 선물이었지

어디 아픈 덴 없니 많이 힘들었지

난 걱정 안 해도 돼 너만 괜찮으면 돼

가슴이 시릴 때 아무도 없을 땐 늘 여기로 오면 돼

여기로 오면 돼

그러나 사랑 노래 중에도 마음에 와 닿는 곡이 있었다. 먼저 '다비치'의 '또 운다 또'의 일부가 가슴에 와 닿았다.

하지만 앞에 소개했던 곡들처럼 거의 대부분이 와 닿는 것이 아니라 한 구절만 와 닿았는데, 그 일부만 인용하려 한다.

이 곡이 기억에 남았던 이유는 peet하면서 건강 상태가 좋지 않아 글씨 쓸 힘도 없었고 글씨가 형체를 알아보기 어렵게 쓰여졌을 때 나도 모르게 눈물이 났었는데, 도저히 눈물을 멈출 수가 없었다. 그래서 기억이 난다.

또 운다 또 울지 말라니까 내 말 좀 들어라

터진 눈물아 약한 마음아 상처 난 가슴아

나는 정말 울기 싫단다

그리고 내가 좋아하는 음악 중에 피아노로만 쳐진 음악들이 있는데, 한 곡은 '이루마'의 'kiss the rain'이고, 다른 한 곡은 '히사이시 조'가

친 '기쿠지로의 여름' 이다.

 'kiss the rain' 은 직역하면 '비에 키스하다' 인데, 이루마가 친절히 설명하기를 의역해서 '비를 맞는다' 고 하였다.
 이 음악을 들으면서 들었던 어떤 장면이 떠올랐다. 비가 차분히 추적추적 내리는데, 내가 비를 맞으면서 길을 걸어가는 모습이 떠올랐다. 'kiss the rain' 은 차분하고도 아름다운 선율이 환상적이었다.

 또 '기쿠지로의 여름' 은 대단히 빠르고 경쾌한 분위기이다. 여름을 대표하는 상징이자 여름에 많이 볼 수 있는 활기찬 생명의 색인 녹색을 잘 대변한 것 같고, 그 녹색 대자연의 성성함과 푸르름, 생명력을 잘 표현한 거 같다. 또 물이 줄줄줄 세차게 흘러가는 듯한 아름다움과 활동성을 잘 표현한 것 같다.

 내게 있어 음악들은 이런 것이고, 좋아하는 음악들을 소개해 보았다. 음악과 나의 관계는 서로 사랑하는 관계이다. 끊임없이 쾌락을 주는 음악과 그런 음악을 찾는 나. 내가 힘들 때건 기쁠 때건 음악은 나를 찾아와 나의 연인이 되어 주었다.

남원 광한루로 설경 드라이브

매주 토요일과 일요일은 부모님과 함께 시간을 보낸다. 친구가 별로 없는 나이기도 하고, 건강상 운동시키려고 부모님이 항상 데리고 다니신다. 그렇기에 나는 매주 주말을 부모님과 함께 보내지 않으면 불안하달까, 일단 무엇을 해야 할지 모르겠다. 그렇게 부모님은 나의 가장 좋은 친구이기도 하고, 인생에 있어 선생님이며 부모님이다.

지난 주 일요일은 아빠의 드라이브 덕에 남원 광한루에서 설경을 구경했다. 엄마 차는 눈길에서는 사족을 못 쓴다. 나도 놀랐다. 엄마가 자기 차는 눈만 왔다 하면 난리법석이라던데. 아빠 주차장에 잠시 엄마 차를 들여놓는데, 엄마 차가 눈길에서 바퀴가 이리저리 소리만 야단스럽게 제자리걸음하고 있길래 정말 깜짝 놀랐다. 이 정도일 줄이야 하고…. 그래서 원래는 엄마 차를 타고 움직이지만, 지난주에는 아빠 차를 타고 드라이브 구경을 했다.

　오전에는 동구 푸른 길을 걸었다. 한 시간 정도 걸었겠다. 그러고 나서 아빠 차를 타고 광주댐 쪽으로 갔다. 그런데 카페에서 취식 금지라는 것이 다시 생각나서 광주댐 쪽의 사주카페를 가지는 못했다. 아빠는, 원래는 광주댐 쪽으로 가서 사주카페에 가서 내 사주나 물어보려던 참이라고 했다. 그래서 광주댐 쪽에서 계속 진입하며 설경을 구경하며 드라이브했다.

　오빠가 엄마보고 그랬는데, 광주에 3년 만에 눈이 왔단다. 아무튼 그 정도로 오래간만에 내리는 눈인지는 모르겠지만, 오랜만에 보는 눈이 너무나도 즐거웠다. 눈도 눈 자체로 아름답지만, 온갖 풍경에 흰 눈이 내리면 그 설경의 아름다움은 이루 말로 할 수가 없다. 흰 눈이 덮인 산과 들판을 보며, 스위스의 알프스 산에 온 것 같다고 엄마와 아빠가 계속 말했다. 우리 말고도 설경을 구경하러 온 차들이 꽤 많이들 있었다.

　광주댐 쪽에서 계속 진입하며 설경을 구경하다가 다시 돌아와서 곡성 휴게소를 들렀다가 남원 광한루로 향했다. 남원 광한루에 가서 그 눈 쌓인 한옥들을 구경했다. 황희 정승 때 지어졌다고 한다. 남원 광한루는 하늘나라 선녀들이 거닐며 놀던 천상세계를 재현했다고. 연못에 잉어가 많을 텐데, 연못은 얼어서 보이지 않았다.

그리고 관광객들을 위해 현대적으로 만들어놓은 곳들을 가서 구경했다. 한 곳은 남원이 무대로 쓰여진 소설 춘향전을 그림으로 그려놓고 움직이는 나비를 따라 구경하게 한 곳이었다.

그림을 자세히 살펴보기도 하고, 그림에 덧붙여진 설명을 읽기도 하고. 가을 풍경의 그림에서는 감이 떨어지기도 하고, 춘향이를 불러오는 데에서는 춘향이가 움직이기도 하고, 암행어사가 출두할 때 횃불을 지피고 움직이는 사람들을 보기도 하고. 그리고 남원 광한루를 배경으로 쓰여진 아름다운 시들도 있었다.

또 다른 곳, 영상관에서는 남원 광한루에서 찍은 영화, 드라마들의 포스터들을 전시해 놨었다. 그리고 남원을 배경으로 혼불문학관, 광한루의 여름, 광한루의 가을, 광한루의 겨울 등을 사진배경으로 하여 즉석에서 사진 찍는 것도 있었다. 엄마는 처음에는 마다했다. 하지만 이내 아빠와 내가 연신 재밌게 찍어대자 엄마도 찍었다.

남원 광한루의 현대식 건물에 걸려진 아름다운 시만큼 잘 짓지는 못하겠지만…, 일단 나도 갔다 왔으니 시 한 수 지어 올린다. 좋게 봐 주시라.

남원 광한루

옛날을 살던 우리네 조상,
춘향이와 이몽룡의 얼이 서려 있는 곳, 남원.

천상 선녀들이 거닐며 놀던 천상세계를 재현해 놓은 곳,
그 곳이 이 남원 광한루라던데.

고고하게 떨어지는 기왓장의 모습이,
선녀의 아름다운 미소와도 같구나.

견우와 직녀가 만나던 오작교가,
얼어붙은 겨울의 연못을 가로질러놓는구나.

어허, 어서 이 정자에 앉아
달빛 머금은 이 술 한잔 받으시게.

이 곳 정취에 취해,
사계절을 이 곳에서 함께 지내봅세.

내 동생은 마법사

.
.
.
.

고장이 잘 안 나는 냉장고인데, 며칠째 불과 전기가 안 들어와 고쳐야 하나 기다리던 찰나였다. 동생이 무언가 냉장고에서 꺼냈다. 그런데 갑자기 냉장고의 냉장실에서 불빛이 나오는 게 아닌가!

엄마 "마법의 손이네!"

아빠 "분명히 시험 잘 봤겠네."

엄마 (동생에게) "시험 끝났냐?"

동생 "응"

엄마 "너 시험 잘 봤냐? 아빠가 시험 잘 봤겠다고 한다."

동생 "(씨익 웃음)"

나 "해리포터네! 난 애 어렸을 때 생각했어. 애 어렸을 때는 피부도 하

얇고. 해리포터는 되게 예쁘장하잖아. 얘 어릴 때 안경만 쓰면 해리포터
겠다 생각했어. 아, 그리고 쟤 비밀의 방 쓰고 있잖아! 우리 방은 다 문이
잘 열리거나 미닫이문인데, 지훈이 방만 잠글 수 있고 폐쇄적이야. 항상
문도 닫혀 있고. 그니깐 비밀의 방 맞지?"

　아빠, 엄마 "(웃음)"

내가 행복한 이유

·
·
·
·

내가 어렸을 때 행복했던 이유는 공부를 잘 하고, 친구들과 잘 어울렸기 때문이다. 지금은 행복하다기보다는 행복해지려고 노력한다. 그리고 그나마 행복한 이유는 아름다운 외모를 가지고 있고, 나를 끝까지 보살펴 주시는 부모님과 마음을 터놓는 소수의 베스트 프렌드들이 있어서이다. 그리고 소확행(소소하고 확실한 행복)을 주는 취미생활을 하기 때문이다.

어렸을 때는 노력하지 않아도 너무 당연하게 행복했었는데, 지금은 무던히 행복을 지키려고 애쓰고 있다.

먼저 아름다운 외모를 유지하기 위해서는…, 항상 꾸준히 유산소운동

(걷기)을 하고 식단 관리(먹는 것 조절)를 하고 있다. 또 평소에는 화장품을 잘 바르고 다닌다. 씻고 나서는 스킨과 로션, 수분크림은 필수로 바른다. 밖에 나갈 때는 선크림, 립스틱으로 곱게 단장하고 다닌다.

그리고 나를 끝까지 보살펴주시는 부모님과 좋은 관계를 유지하기 위해서도 노력하고 있다. 중학교를 전학 가서 텃세를 당했다. 다시 전학 가고 싶다고 해도 기어코 부모님은 그 학교를 보내셨다. 그리고 나는 지독히도 외로웠다.

또 고등학교를 1지망을 부모님이 원하는 대로 써버려서 결국엔 내가 원하는 고등학교를 못 가서 외롭고, 공부도 제대로 하지 못하고, 너무 남을 의식하게 되어버렸었다. 또 고 3때는 잠까지 오지 않아, 집에서 한숨도 못 자고 학교에서 자는데, 선생님들이 깨워서 너무 힘들었다.

그리고 대학교도 조선대학교 공과대학 에너지자원공학과를 졸업했는데, 취업을 못한다고 2번째 대학교, 조선간호대학교를 보냈다. 그리고 실습 때마다 아파서 휴학하고 다니다가 휴학하고, 다니다가 휴학하고, 한 3번을 그랬던 거 같다. 아빠는 끝까지 졸업하라고 했지만, 결국에 나는 자퇴했다.

또 peet(약대입학시험) 공부를 시켰다. 당시 내 의견은 없었다. 나는 그냥 부모님이 하라고 해서 했을 뿐이다. 그런데 결국 peet는 합격하지 못했다.

그리고 요양보호사 자격증과 간호조무사 자격증도 취득했다. 그런데 요양보호사는 내 나이가 어리다고, 힘들어서 포기할 거라고 안 써주고, 간호조무사는 내 나이가 많고, 경력이 없고 미숙해서 안 써준다. 결국 취업에 실패했다.

이렇게 내 인생이 망한 게 부모님 탓이라고 생각한다. 하지만 싸우지 않는다. 어차피 나는 취업도 못한 처지에 부모님 집에서 지내야 하고, 주말마다 같이 시간을 보낼 사람이 부모님밖에 없으니까. 하지만 속으로는 굉장히 원망스럽다.

속을 터놓고 지내는 베스트 프렌드들…, 나와 정말 잘 통한다. 공통점이 많은 경우가 특히 그렇다. 그렇지 않더라도, 나를 응원해 주고 내가 잘 되길 바래준다. 부모님이 못 채워주는 부분을 이 베프들이 채워주고 있다. 나는 애정결핍이다. 그리고 베프들은 무한한 우정으로 나를 사랑해 주고 있다.

또, 소확행(소소하고 확실한 행복, 일상의 행복)을 주는 취미생활을 영위하고 있다. 내 취미는 글 써서 facebook에 올리기, 사진 찍어서 instagram에 올리기, 음악 듣기, 노래 부르기, 책 읽기, 이쁘고 싼 옷 사서 입기, 걷기, QT(성경 읽고 기도제목 찾기)이다.

나는 취업을 못한 처지라 일상에서 계속 취미생활을 하며 보낸다. 그리고 취미생활도 계속 하다 보니 어느 정도 노하우가 생기는 것 같다. "천재는 즐기는 자를 이기지 못한다" 하지 않았는가. 나도 취미생활을 즐기다 보니 그만큼 잘하게 되는 것 같다.

살으니 또 살아진다. 그렇게 죽을 것만 같던 과거도 지나갔다. 이제는 조금 더 편안하고, 행복한 삶이 나를 기다리고 있길 바랄 뿐이다.

노력은 배신하지 않는다

. . . . .

내가 지금 가지고 있는 달란트(특기)들도 결코 쉽게 주어지지 않았다.

잘하는 글쓰기라든지, 사진 찍기(주로 풍경이나 셀카)라든지, 노래 부르기(주로 CCM, 대중가요)라든지, 여자가 입기 예쁜 옷 고르기라든지….

글쓰기는 어렸을 때부터 다른 아이들보다는 책을 많이 읽었던 것 같다. 그리고 글 쓰는 걸 좋아했다. 하지만 본격적으로 책의 재미를 알고 읽기 시작한 때는 서울에서 PEET(약대 입학시험) 공부가 끝난 뒤, 광주로 내려왔을 때부터인 것 같다. 그러니까 그 때가 언제쯤이냐면…, 2014년 8월쯤부터이다.

그리고 글을 본격적으로 쓰고 보여주기 시작한 건 facebook에 가입(2012년 4월)한 뒤로부터 한참 뒤였다. facebook에는 일상 중심으로 조그마한 글들을 올리긴 했었다.

그런데 2019년 8월에 산수유꽃이 피는 구례 산동쪽을 갔다 온 뒤, 그 느낌을 시로 남긴다. 그렇다, 이것이 바로 내 글쓰기의 시작이었다.

그리고 사진 찍기는 우연히 얻어진 재능이다. 하지만 이 재능을 얻기까지도 오랜 시간이 걸렸다. 공부만 하기에 급급해서 항상 힘들게 살아갔던 나였다. 그리고 나는 그렇게도 삭막하고 외로운 학창시절과 수험생활(peet 약대 입학시험공부＋토익공부)을 견뎌내고 있었다.

그러던 찰나, 우연히 서울 강남 순복음교회 부근에서 바라본 벚꽃나무의 벚꽃이 아직 찬 기운이 서려 있는 봄바람에 취해 떨어지는 모습에 반해 버렸다. 그 모습이 어찌나 아름다웠던지…, 그 뒤로 풍경 사진을 찍는 눈이 틔었다. 아름다운 세계를 바라보는 눈이 태어났다.

노래 부르는 것은 10년간 교회 성가대로 꾸준히 섬기던 탓이었다. 10년간 교회 성가대로 예배 때 하나님께 찬양을 올려드리기 위해 연습하다 보니 그 시간들이 꾸준히 채워져서 나타난 결과였다. 1만 시간 이상 연습하면 좋은 결과가 나올 수밖에 없다 하지 않나.

그리고 내가 입는 예쁜 옷 고르기….

나는 지독히도 패션 감각이라곤 없었다. 엄마는 멋쟁이에 잘 꾸미는데 반해, 나는 엄청난 워스트 패셔니스타(지독하게도 패션감각이 꽝인 사람)였다.

어쨌든 간에 이 꽤 괜찮아진 코디 감각도 나의 연구 끝의 결과였다. 인터넷으로 여자 연예인 사진들을 보면서, 여자 연예인들이 입은 예쁜 옷을 유심히 바라보고 연구했다.

그리고 PEET(약대입학시험) 공부하러 서울로 떠나면서 서울물을 먹으면서 피부도 하얘지고, 살도 빠지고, 예뻐졌다. 거기다가 서울물을 먹어서인지 패션감각도 더 나아졌다.

나는 노력은 결코 배신하지 않는다고 생각한다. 노력은 쌓이고 쌓이다 보면 언젠가는 그것이 본인에게 되돌아와 보상을 해 준다, 어떤 방식으로든 그 노력에 들인 시간과 고생이 결코 헛되지 않은 것이다.

말과 글이 있다는 건 축복이다

●
.
.
●
.

말과 글이 있다는 건 축복이다.

먼저 생각할 만한 여유와 건강이 있다는 것에 감사하고, 생각한 뒤에 생각을 표현하고 나눌 수 있는 말과 글이 있다는 것에 감사하다.

그리고 다시 인간관계를 단단히 맺어주는 말에 감사한다.

또 인간관계로 이어지는 생각이 아닌, 모든 생각을 표현할 수 있는 글이 주어짐에 감사한다.

메리 크리스마스!

.
.
.
.

메리 크리스마스! 즐거운 성탄절!

어렸을 때, 유난히도 즐거웠던 크리스마스가 기억난다. 눈 오는 화이트 크리스마스를 기대하면서, 크리스마스 이브날 밤에 가족끼리 옹기종기 따뜻한 곳에 모여앉아 맛있는 음식을 먹으면서 까르르 재잘거리며 이야기꽃을 피우고, 밤에 잠자리에 들어갈 때 부모님께 산타 할아버지께 무슨 선물을 받길 기대한다고 말했었던….

어렸을 적에는 왜 그리도 즐거웠던 크리스마스였는지…. 내 유년 시절의 크리스마스는 지금 유행하는 전염병인 코로나도 없었고, 눈이 오는 화이트 크리스마스였고, 외로움을 느끼지 않을 정도로 절친한 친구들도 많았기 때문인 것 같다. 그리고, 더불어 크리스마스의 선물을 주는 산타는 실제로 존재하지 않고, 어느 정도 크고 나서야 산타는 우리의 부모님이라는 것도 알게 되어서인 것 같다.

하지만, 지금 커서도 크리스마스라는 이벤트는 언제나 내게 크리스마스만의 낭만과 즐거움으로 다가온다. 어렸을 적 경험했던, 세상 모든 것이 행복하기만 한, 내 건강도, 돈도, 공부도, 친구도, 미래도, 그 아무것도 걱정이 없던 크리스마스⋯. 그래서 그 걱정은 하나도 없고 마냥 행복하기만 했던 그 크리스마스를 상상하며, 성인이 된 나는 그 유년시절의 크리스마스를 회상하며 그 어린 행복을 추억한다.

성인이 된 지금의 나는 서글프다. 나는 육체적으로나 정신적으로도 건강하지 않고, 돈도 항상 부족하고, 공부도 간호대를 끝까지 끝내지 못하였고, 마음이 맞는 절친한 친구도 별로 없으며, 미래도 보장되질 않는다.

강남의 순복음교회를 다닐 때 수험생활에 지친 나를 위로하며, 나를 꼬옥 껴안아주는 언니가 그랬었다. 자기는 사진을 정말 좋아한다고. 그러자, 내가 물었다. 그건 언니가 추억을 소중히 기억해서가 아닐까? 하고. 그러자 언니는 그런 것 같다고 했다.

나에게 크리스마스란 덧없이 행복하기만 했던 유년시절의 추억으로 다가와서 그런지, 성인이 된 나에게도 크리스마스란 여전히 어린아이로 돌아가 눈을 맞으며 사랑하는 사람과 함께 보내고픈 날이다.

　다만, 지금은 내가 결혼하지 않아서 그렇지, 지금은 사랑하는 사람이 가족이다. 하지만 결혼을 하게 되면 남편과, 그 남편과 함께 일구어낸 또 다른 가족이겠지.

　메리 크리스마스!

　어린 시절의 행복한 나를 회상하며,

　외롭고 힘든 청년기를 보낸 나를 위로하며,

　행복해질 나의 미래를 상상하며!

　모두 행복한 크리스마스 되세요! 크리스마스만큼은 꼭 사랑하는 사람과 함께….

몇 년간의 겨울이 지난 후
새해 처음 내리는 눈

.
.
.
.

보송보송한 솜눈이 몇 해의 겨울이 지난 뒤 제대로 내리는 것만 같다.

사람들은 얼마나 보고 싶었을까?

추운 겨울날 내리는 눈을….

겨울이라서…, 추운 것도, 눈이 내리는 것도 다 당연한 것인데….

나는 왜 당연한 것을 당연하게 여기지 않았던 것일까?

아…, 나의 이기심이여….

겨울에도 걸어다니고 싶다 하여, 겨울에도 돌아다니고 싶다 하여, 눈길을 미끄럽다 하여 눈이 오지 않기를 얼마나 바랐던가.

겨울이란…, 추운 날씨와 눈이 매력이라는 것을 나는 왜 이제야 와서 깨닫는가.

추운 날씨···, 흰 눈···, 하얀 눈 덮인 풍경···, 입김···, 옹기종기 모인 사람들의 온기···.

아···, 그리워···, 이런 것들을 제대로 느끼고 맞아본 적이 언제였던지 기억이 안 나네···.

그래도···, 따뜻한 오븐(추운 날씨와 대비된 따뜻한 방) 속 세상은 정말 포근하구나···.

봄날 벚꽃처럼 우아하게 흩어지는 눈보라
천사의 깃털처럼 하얗게 날리는 눈송이
반짝이는 반딧불이처럼 반짝반짝 쏟아지는 눈
이리저리 휘날리며 나부껴대는 눈은 자유롭구나

시공간의 균열을 일으키는 듯한, 숨 막히는, 오랜만에 본, 흰 눈의 이 세상에서는 볼 수 없을 만큼 세상의 아름다움을 초월한 것만 같은 아름다움에 감탄을 금치 못한다.

제 2 부

벚꽃비가 내리면

몸이 아프다

●
·
·
●
·

내가 몸이 아파지다 보니, 건강한 사람들을 볼 때 다른 세계에 사는 사람들 같다는 생각이 드는 것에 전적으로 동의한다. 정말 아파보지 않은 사람들은 아픈 사람들을 이해하지 못한다.

건강이 제일 최고의 복이다. 건강이 극도로 나빠지면 아무 것도 할 수 없다. 내가 지금 그 상태이다. 나는 몸이 아픈 곳이 한두 곳이 아니다.

먼저 제일 심한 곳은 머리…, 두통이 가장 심하다. 조금이라도 생각을 깊게(학교, 취업, 직장, 밥벌이) 하려고 해서 스트레스를 받거나, 바람을 안 쐬고 그러니까 밖에 돌아다니지도 않고 한 곳에 오랫동안 갇혀 있으면 머리가 아픈 것 같다.

골 때린다고 하지 않나. 해충이 자꾸 머릿속을 갉아먹는 것같이 정말 신경질이 나고 구역질이 나서 참을 수가 없다. 그리고 머리가 지끈지끈한 건 골 때리는 것보다는 강도가 낮은데, 이것도 머리가 골 때리는 정도까지 갈까 봐 걱정이다.

　그리고 다음은 허리…, 고등학교 3학년 때 다쳐서 6개월 동안 병원에서 치료를 받았다.

　나는 원체 돌아다니는 걸 별로 좋아하지 않는 체질이었다. 집, 학교, 도서관, 교회 이렇게 내가 가는 루트가 정해져 있었다.

　그런데도 병원에 갇혀 지내다 보니 도저히 갑갑하고 답답해서 견딜 수가 없었다. 그래서 살맛이 나질 않아서 식욕이 자연히 떨어지게 되었고, 몸무게는 20kg이나 빠졌다.

　병원에서는 이렇게 살이 계속 빠져서는 위험하다 생각했는지 나를 병원에서 퇴원시키고 집으로 보냈다. 집에서 그렇게 내 방에서 약 1～2개월을 간병인 할머니의 도움을 받아 휠체어를 타고 다녔었다.

　요새는 오랫동안 앉아있기가 힘들다. 조대 공대 때는 잘만 앉아있었는데, 요새는 허리 다친 사람은 앉아있는 게 힘들다는 걸 실감한다. 병원 실습 때 내가 체온, 맥박, 호흡, 혈압을 측정하는 데 이리 비틀고 저리 비트는 내 허리가 아파서 그게 환자분에게도 안타깝게 보였나 보다.

　할머니 환자 한 분이 그러셨다.

　"허리에 힘이 있다"고….

다음은 가끔씩 아픈 곳인데 어깨랑 목이다. 어깨랑 목이 결리다. 어깨는 움직일 수 없을 정도로 아팠던 적이 있는데, 욱신욱신 거려서 제대로 몸을 가누기가 힘들었다.

목은 그냥 **뻣뻣**한 정도이다. **뻣뻣**해서 2부 성가대에서 목을 계속 이리저리 돌리면서 목을 풀고 있었다. 예배 시간에 그러면 안 되는데. 그것도 제일 눈에 띄는 성가대가 그러면 안 되는데…. 지금 생각해 본 그런 실례를 범하고 있었다.

밤과 새벽에 창문 틈으로 들어오는 바람을 느낀다

·
·
·
·
·

겨울에, 부천에 있는 토익기숙학원을 다닐 무렵이었다. 친해진 여자 아이가 있었는데, 그 아이가 그랬다. 전기장판을 뜨겁게 달궈놓고, 창문으로 바람을 느끼면 그렇게 좋을 수가 없다고.

그 이후로, 나도 2가지 온도를 한꺼번에 느낀다. 침대에서는 전기장판으로 따뜻하게 몸을 데우고, 몸 위쪽으로는 창문을 살짝 열어놓고 창문 틈으로 들어오는 바람을 느낀다. 그렇게 밤과 새벽에 창문 틈으로 들어오는 바람을 느낀다.

그리고 인터넷으로 봤는데, 어디서도 그랬다. 창문을 살짝 열어놓고 자면 밤에 잠이 잘 온다고. 그렇게 몸소 그 습관을 실천한 이후로, 창문을 열어놓지 않고 자지 않고는 못 배긴다. 창문을 열어놓지 않고 자면 답답한 감을 느낀다. 밖에서 불어오는 공기를 마셔야만 하는, 실내의 공기만으로는 만족되지 않는 느낌.

  오늘은 12월 24일. 크리스마스이브이다. 요새 날씨가 너무 추운 탓에, 그리고 감기몸살기가 있었는지 요새 추위는 도저히 못 견디겠어서 평일 오후에 동적골로 운동을 못 가고 있다. 내 요즘 일상은 이렇다. 아침에 학동 드롭탑카페로 가서 소나무 2프로를 시청하고, 청취록을 적는다. 그리고 점심시간에 맞춰 법원 쪽에 있는 아빠 사무실로 간다. 그리고서 점심을 얻어먹고, 소나무 2프로 시청 값 2만원을 받는다.

  그리고 나서 오후에 동적골로 운동을 가는데, 요새 날씨는 감기기운 탓인지 못 견디겠어서 오후에 다시 드롭탑카페로 가서 책을 읽는다. 요새 읽고 있는 책은 유지혜의 《쉬운 천국》 여행에세이다. 그녀만의 감성으로 채워놓은 유럽여행이 참 달콤하게도 다가와, 나도 나의 쉬운 천국을 이룩하고자 유럽으로 배낭여행을 떠나고 싶은 생각이 부쩍 든다.

  유지혜, 그녀도 알까. 아니, 알려주지 않아도 알 것 같다. 2가지 온도를 한꺼번에 느낀다는 것이 주는 즐거움을. 침대 위 전기장판은 따뜻하게 해놓은 채 창문을 살짝 열어놓고 창문 틈으로 살짜금씩 들어오는 바람을 느끼며 창문 밖을 바라본다는 것, 이것이 주는 낭만과 즐거움을.

  나는 유럽으로 배낭여행은 못 떠날 것 같으니, 나만의 쉬운 천국을 여기서 마련하고자 한다. 내가 나를 위해 일구어낼 수 있는 나 자신의 소확행(소소하지만 확실한 행복), 일상의 행복.

나는 시력이 매우 좋지 않다. 그러나 샤워할 때는 안경을 저절로 벗게 된다. 안경을 벗고 보이는 희뿌연 느낌, 친구의 카톡에서 본 불켜진 파리의 에펠탑이 희뿌옇게 흔들리는 느낌, 이렇게 안경을 벗은 세상이 낭만적인 느낌만으로는 다가오진 않지만, 시력이 갑자기 안 좋아지면, 그러니까 안경을 벗게 되면 나에게 다가오는 각박하고 힘든 세상이 조금은 따뜻해지면서 희뿌옇게 뭉개지는 듯한 느낌이다.

그리고 광우스님의 소나무를 유튜브로 시청하면서 청취록을 적는데, 글씨를 계속 쓰다 보니 필체가 좋아질 수밖에 없다. 이 글씨를 또박또박 써서 보는 맛과 쓰는 맛 모두를 느끼는 상쾌함.

하루 일과를 끝낸 뒤, 저녁 5~6시 가까울 해질 무렵에 집으로 들어와 침대에서 잠시 핸드폰을 보며 뭉갠다. 그리고서 샤워를 하고 머리를 말리고 진공청소기로 바닥을 청소하고…. 청소하는 것도 세로토닌이 분비되는 일종의 행위라고 책에 나와 있었다. 세로토닌은 일종의 행복 호르몬이다.

모든 것을 말끔히 끝낸 뒤, 부모님이 오기를 기다린다. 그러면서 냉장고에 있는 차갑고도 달콤한 과일주스나 우유 같은 것을 꺼내먹는다. 부모님이 오면 엄마와 나는 저녁밥을 준비하고, 아빠는 잠옷으로 갈아입고 티브이 앞에 앉는다. 저녁밥을 먹은 뒤, 엄마는 설거지를 하고 반찬을 준비하고 티브이를 조금 본 뒤, 샤워를 한다.

아빠와 나는 티브이를 시청한다. 요새 아빠는 간간이 책도 보고 있다. 그리고 아빠와 엄마와 나는 티브이를 시청하고, 좀 시간이 됐다 싶으면 엄마와 나는 잠자러 방에 들어가고 티브이 앞에는 아빠만 남는다.

지금은 12월 24일 새벽 5시 21분이다. 지금 나는 이어폰을 노트북에 꽂고 유튜브로 팝송을 듣고 있다. 날씨가 조금만 더 따뜻해졌으면 좋겠다. 아, 그리고 감기약도 먹어야겠다. 내 감기기운 탓에 날씨가 정말 못 견디겠는 건지도 모르니깐.

엄마는 잔소리다. 창문 열고 자면 감기 든다고. 그래서 눈에 보이지 않을 정도로 조금 열고 잤다. 그러니까 방 안에 찬 공기도 덜 들어오고, 덜 춥다.

오늘 하루도 흘려보낸다. I am flowing this time. 이 시간을 흘려보낸다. 시간은 흘러가기에 멈출 수 없는 것. 바람도 멈출 수 없는 것. 시간처럼 바람도 흘려보내야 하는 것. 나는 창문에 들어오는 바람을 흘려보내며 이 새벽을 흘려보내고 있다.

벚꽃비가 내리면

．
．
．
．

내가 제일 좋아하는 꽃은 벚꽃이다. 작은 꽃잎 5송이 정도가 모여서 하나의 꽃을 만들고, 그 꽃들이 여러 개 달린 고목이 바로 벚꽃이다. 사실 나는 별로 꽃을 좋아하지 않았다. 그런데, 내가 꽃의 아름다움을 신기하게도 알아차린 적이 있었다.

나는 강남에서 peet(약대입학시험) 공부를 한 적이 있다. 그렇게 힘들고 어려운 peet 공부하는 수험생활 중에 강남의 순복음교회를 가던 어느 날이었다.

찬 겨울을 보내고, 따뜻한 봄기운이 뭉게뭉게 피어나는 가운데, 그렇게 아름다운 미소를 연신 짓고 있는 벚꽃을 만났다. 학원에서 강남의 순복음교회로 가던 길목에 있던 벚꽃이 그렇게 아름다울 수가 없었다.

정정하겠다. 내가 좋아하는 유일한 꽃이 벚꽃이니깐. 나는 꽃을 별로 좋아하지 않는다. 하지만, 나는 벚꽃은 좋아한다. 그렇게 힘들고 삭막하고 괴로운 상황 속에서 나를 위로하고 달래주었던 벚꽃. 겨울의 찬 기운을 뚫고 다시 피어난 벚꽃.

그렇게 튼튼하고 싱싱한 생명이 일렁이던 벚꽃의 존재는 나에게 "힘내"라고 속삭여주는 수호천사 같은 존재였다.

나는 벚꽃의 연분홍색도 좋아한다. 특히 분홍빛이 진할수록 더 좋아한다. 벚꽃의 진한 분홍빛은, 탁한 분홍빛이 아니라 맑은 분홍빛이다. 분홍분홍하게 여성스럽고, 섬세하고 아름다운 가녀린 벚꽃잎의 몸짓이 일렁이는 분홍빛.

벚꽃은 인기가 많은 꽃이다. 특히 일본에서 인기가 많은 것 같다. 일본의 낭만적인 연애소설이라든지, 일본의 그림체가 아름다운 만화에서 곧잘 등장하는 걸 보면 벚꽃은 아름다움을 과장시켜 줄 수 있달까.

연애의 낭만적이고 아름다움도, 만화의 아름다운 그림도 벚꽃으로 인해 더욱 꽃핀다. 벚꽃은 화려하다.

벚꽃이 활짝 핀 모습을 보고 있으면, 나도 모르게 입을 떡 벌린 채 시선을 빼앗긴다. 벚꽃의 꽃말은 많지만, 그 중에서 생각나는 건 절세미인이다. 절세미인처럼 아름다운 벚꽃을 보고 떠올라서 지은 꽃말임에 틀림없다고 확신한다.

벚꽃놀이를 하러 여기저기를 돌아다녔었다. 보성 대원사, 구례 섬진강 고속도로, 광주 조선대학교병원, 광주 홍림교(일명 배고픈 다리). 그 중에서 내 눈에 제일 아름다웠던 벚꽃은 조선대학교병원의 벚꽃계단이었다. 나무로 지어진 계단인데, 뺑 돌아서 올라가는 길을 단축시켜 준다.

계단 자체로만 보면 그닥 아름답지 않은데 벚꽃이 흩날리는 나무계단은 정말 아름다웠다. 계단 위쪽에 벚꽃나무가 즐비해 있고, 나무계단에는 벚꽃비가 흩날린 흔적이 있어 벚꽃잎이 흩뿌려져 있다. (벚꽃잎이 바람에 무수하게 떨어지는 것을 벚꽃비라고 한다. 다들 아시겠지만.)

활짝 핀 벚꽃이 나무계단 위쪽과 좌우에 모여 있고, 나무계단 아래쪽에는 벚꽃잎이 연신 뿌려져 있다. 마치 결혼식 날에 화동들이 신부와 신랑을 위해 조화 꽃잎을 뿌려주는 것처럼.

흰 눈이 내리고, 얼음이 얼던, 무섭도록 거센 추위도 지나간다. 그리고 만물이 소생케 되는 따뜻한 봄이 온다. 초봄은 추운 겨울과 따뜻한 봄의 중간 언저리쯤이다. 아니, 겨울에 더 가깝다고 해야 할까.

연둣빛 새싹이 살짝 얼굴을 내밀고, 동물들이 겨울잠에서 깨어나 겨울빛이 만연한, 아직은 추운 초봄. 봄은 3월부터 5월까지인데, 4월 초에 벚꽃이 만개한다. 여름이 겨울을 이기기 전이라, 뜨거움이 차가움을 이기기 전이라 아직 추운 기가 가시지 않은 것일 테다.

벚꽃의 또 다른 꽃말을 나 혼자 지어보자면, '위로'라고 짓고 싶다. 내가 꽃의 아름다움을 처음 알게 되었던 날, 내가 벚꽃을 좋아하게 되었던 날, 삭막한 수험생활 속에서 봤던 벚꽃의 존재는 그랬다.

"괜찮아. 나도 추운 겨울을 지내고, 이렇게 피어났잖아"라고 벚꽃은 나에게 계속 속삭이고 있었다. 벚꽃은 나에게 특별한 의미가 있어서 좋아하게 된 것 같다. 나에게 있어서 다른 꽃들은 아름다운지조차 깨닫지 못하니깐.

나는 삶을 힘들게 살고 싶지는 않다. 하지만, 벚꽃처럼 또 다른 특별한 의미가 있는 꽃이 생겼으면 좋겠다. 왜냐하면, 나도 꽃을 보고 아름답다고 말할 수 있는, 감성적인 사람이 되고 싶으니깐 말이다.

하하하. 왜, 나는 꽃을 좋아하지 않을까. 그러게, 왜 나는 꽃을 좋아하지 않을까. 어린애들도 꽃은 예쁘다고 말하는데 말이다.

새삼 부끄럽다. 꽃의 아름다움조차도 알지 못하는 사람이 글을 쓰고 있으니 말이다. 그래도 나는 나일 뿐이다.

부끄러워서 나를 개조하고 싶지는 않다. 나는 나이기에, 특별한 것이다. 그래서 내가 쓰는 글도 특별한 것이고. 나의 글을 봐주신 여러분께, 깊은 감사드린다.

봄날 토요일 날의 나들잇길

· · · ·

2번째로 대학교에 입학해서 2번째 대학교를 다니게 된 이후로, 토요일마다 부모님과 함께 시간을 보낸다. 금요일을 요새 사람들 말로 불금, 불타는 금요일이라 한다.

사람들은 연달은 휴일 토요일, 일요일을 기다리며 금요일 밤부터 불타오르면서 재미있게 보낸다. 나 또한 그렇다.

유종의 미라 하지 않는가. 월요일부터 금요일까지 쭉 에너지를 소진시키며 달리고 금요일 저녁에 일을 끝내는 유종의 미. 그리고 남은 주말 토요일, 일요일을 보낼 휴식의 start.

지지난 주 토요일은 광양 매화축제를 보러 갔었다. 매화가 흐드러지게 피어서 향기가 사방으로 퍼지고, 바람에 흩날리는 꽃눈을 맞으면서, 그

꽃의 아름다움에 흠뻑 도취되어서 꽃길을 걷는 낭만적인 분위기를 즐길 것을 기대했건만, 웬걸…… 매화는 꽃봉오리가 여물어 있거나 약간 피어 있는 단계였고, 향기는커녕 오히려 거름이 잔뜩 쌓여 퀴퀴하고 더러운 냄새가 났다.

그리고 매화 마을을 가는 길목도 상당히 막혔었다. 우리가 갔던 그 날은 매화축제가 시작되는 날이었고 그 곳으로 갈 때나 빠져 나올 때나 온통 사람들로 북적거렸다. 사람들은 북적거려 길이 막혀 간 매화마을은 매화는 꽃은 피지도 않았었다.

그렇게 실망을 가득 안고서 돌리는 발걸음에는 엄마가 기지를 발휘해 막히는 차량을 뚫고 빨리 빠져 나왔지만 장시간 운전에 지친 엄마는 이윽고 그 날 밤이 되어서 아빠와 나에게 짜증을 냈다.

지난주 토요일은 구례 산동 산수유마을의 산수유를 보러 갔다. 처음에는 산수유마을로 가려고 하였으나 차가 너무 밀린 데다가 지난 주 엄마의 짜증과 독설에 당했었던 아빠는 결정적인 순간에 다른 곳을 택했다.

구례 산동으로 드라이브를 떠났는데, 다행히도 매화가 얼굴을 가득 내보이며 아름답게 활짝 피어났고, 노오란 산수유도 그에 질세라 흐드러지게 피어 있었다.

산수유는 노랗고 작은 알갱이들이 모여 있는 형태였다. 매화는 작디작은 꽃잎들이 옹기종기 모여 작은 꽃 하나를 완성하는 형태였는데, 산수유보다 매화꽃이 더 예뻤다.

우리가 산수유를 봤던 곳은 구례 산동 부천마을이었다. 산수유마을을 갔다 왔다던 아빠는 산수유마을은 강을 끼고 있지 않단다.
나는 강을 끼고 있는 마을을 좋아한다. 서늘한 걸 좋아하는 나로서는 강이 있으면 시원하고 또 시원해 보이기도 하는 게 좋고, 투명하고 맑은 강에 풍경이 투영되는 것도 아름답다.
그리고 내 기준으로선 강을 둘러싼 마을 치고서 아름다운 경치가 아닌 마을은 손꼽기 어렵기 때문이다.

부천마을은 한 눈에 보일 정도로 작은 강을 품고 있었고, 노오란 산수유나무와 황토색에서 약간 더 빛바랜 색의 잡초인 것으로 보이는 풀들이 함께 강 주변을 둘러싸고 있었다.
너무 아름답고 고운 풍경이라 사진을 몇 장 찍었다. 하지만 그 사진들로도 그 아름다움은 담아내지 못했으리라.

나는 facebook이나 instagram에서 찾을 수 있는 예술가 kyrenian의 사진을 참 좋아한다. 이 분은 전국을 돌아다니며 세계의 아름다운 풍경들을 사진으로 담아냈다.

그 kyrenian 씨가 멀리 있기도 하고 나와 친분이 없지만 그걸 감안하고서라도 kyrenian에게 부탁하여 산동 부천마을의 사진을 찍어달라고 하고 싶을 정도였다.

이번 주 토요일은 고창 구시포 해수욕장을 갔다. 우리 가족이 맞는 토요일 아침의 부 코스인 푸른 길을 걸었다.

정석 코스는 무등산 산장이다. 어쨌든 푸른 길을 걷는데 더위를 많이 타는 나는, 입고 있는 것이 냉장고 바지 같은 엄청 얇은 천으로 된 분홍색 원피스였는데 그 위에 얇고 까칠까칠한 파란 봄 아우터를 덧대 입고 있었다. 더워서 볼이 상기된 채 덥다고 말했더니 아빠가 바닷바람을 쐬러 가자고 했다.

광주에서 고창 구시포 해수욕장까지는 예상 소요 시간 1시간 반이었는데, 1시간 정도밖에 걸리지 않았다. 그리고 그곳에서 사람이 많이 모여 있고 주차장도 넓고 가게도 큰 식당에서 주꾸미 볶음을 먹었다.

밥을 먹은 뒤, 바닷바람을 쐬며 바다 가까이 다가갔다. 갈매기가 있었다. 멀리서 봤을 때는 작아 보였는데 가까이서 보니 부리도 생각보다 컸고 몸집도 의외로 컸다.

평소 웃긴 소리를 잘하는 아빠가 말했다.

"갈매기가 노는 것처럼 보이는데 물고기 잡아먹으면서 일하고 있다야. 놀고 있니?하고 우리가 물어보면 속으로 갈매기가 생각하겠지. 놀고 있네. 나 뼈빠지게 일하고 있구만."

바다를 뒤로하고 걸어오며 물결자국이 새겨진 땅을 밟았다. 그리고 연 보랏빛이 약간 감도는 조개 2개를 주워 왔다.

그러고 나서 차를 타고 방파제 쪽으로 갔다. 그리고 또 갈매기를 보았 다. 그러자 또 아빠가 말했다.

"아까는 갈매기가 피하더니만 여기는 안 피하네. 얘들이 또 속으로 생 각하겠지. 얘들 오래 안 있고 금방 간다."

그 말이 끝나기가 무섭게 차에서 내려 방파제 부근을 걸었다. 등대 2 개가 나란히 있는 방파제 입구에서 보니, 방파제 안쪽이 바닷물 깊이가 더 얕고, 물이 움직이지 않으며 방파제 바깥쪽은 바닷물도 더 깊고 아까 봤던 물결자국처럼 물결이 일고 있는 것 같았다. 이 방파제 쪽 사진을 찍 었다.

아, kyrenian. 나에게 당신의 예술혼을 부어줘요!

해수욕장을 방문한 뒤 선암사 쪽 미당 서정주 기념관을 갔다. 1915년 부터 2000년까지 살다 가셨으며, 부인이 먼저 떠나자 곡기를 끊고 2달 반 만인가 얼마 지나지 않아 돌아가셨다고 적혀 있었다.

서정주 기념관을 간다더니 엄마는 들떠서 서정주 시인의 대표적인 시 '국화 옆에서' 한 구절을 차 안에서 읊었다.

"한 송이의 국화꽃을 피우기 위해/ 봄부터 소쩍새는 그렇게 울었나 보다."

기념관 안에는 많은 시들이 걸려 있어서 시 몇 편을 마음속으로 읊었다. 방명록이 1층 한 켠에 있어 그냥 적을려고 했는데 아빠가 시를 적으라고 했다. 그래서 고등학교 때 시 짓는 동아리 각시탈이었던 나는 그 시 짓던 때를 떠올리며 '그래, 많이 지어봤으니까 잘 쓸 거야' 하고 몇 글자 적었다. '흩날리는 바람결에 꽃샘추위 맞으며 미당 서정주 씨를 알고 갑니다' 라고.

서정주 씨는 학생독립운동을 참가했었고, 동국대학교를 나오셔서 처음에는 초등학교 선생님을 하시다가 동국대학교 교수까지 지내셨으며 한 때 일제의 강압에 못 이겨 친일시를 썼다고 한다.

또 고인 서정주 씨를 떠나보내며 서정주 씨를 회고하는 한 켠의 글들도 적혀 있었는데, 그 중에 내가 좋아하는 시 '꽃' 을 쓰셨던 시인 김춘수 씨는 '처신은 처신이고 시는 시이다' 라는 식으로 글을 써놓으셨다.

아마도 이 처신은 일제의 강압에 못 이겨 쓰긴 했지만, 친일시를 썼던 그 처신을 말하는 것 같았다.

이번 주 토요일 날 갔던 곳 중 제일 인상 깊으면서 잘 갔다고 생각한 곳이 서정주 씨 기념관이었다.

한 때 시를 썼던 나에게 있어서 유명한 시인의 기념관을 들른 것은 정말 말할 수 없이 좋은 시간이었다. 기념관은 서늘했고 바람이 어디선지 모르게 들어오고 있었다. 옷이 얇았기에 바람을 맞자 더웠던 몸이 약간 추워졌다.

토요일마다 즐겁다. 하지만 주말에 열심히 놀려면 그만큼 평일을 열심히 살아야 하는 것 같다. 그만큼 휴식이 값지고, 더 신나게 즐길 수 있으니깐.

이번 주 토요일 밤 부모님께 문자를 보냈었다. 우리 집 마당에서 찍었는데, 얼굴에 화색이 돌고 너무 예쁘게 나온 내 사진과 함께.

'엄마, 아빠. 오늘도 호강시켜 주셔서 감사합니다~♡' 라고……

부처님의 가피(은혜) 받은 꿈

．
．
．
．

코로나로 인해 전염병 특성상 집단 모임이 금기시되어 교회집회도 금지되었다. 그래서 아빠가 유튜브 시청을 하던 중, '광우스님의 소나무' 라는 영상을 접하게 되어 나에게도 권유했다.

나는 처음에는 그냥 그랬다. 그러나 종교를 불교로 바꿔야 할까 하는 생각까지 하게 되었다. 하지만 지금 와서는 기독교인 내 종교를 그대로 믿기로 하였다.

다만, 광우스님의 소나무 유튜브 영상도 보고 기록하기로 하였다. 이 것은 단순히 공짜로는 돈을 안 주고 무엇을 해야만 그 대가로 용돈을 주 시는 아빠 때문이었다.

하지만 두 번이나 부처님의 가피 받은 꿈을 꿨다. 업장이 소멸(악업 소멸)되거나 병이 나을 때 꿈을 꾼다는데, 나는 업장이 소멸되고 병이 낫는 꿈을 2번이나 꿨다.

하나는 고등학교 때 국어 선생님이 교실 앞 강단으로 불러 나에게 유리병을 주시면서 갈색 약을 타주었던 것. 그러자 그 유리병 안의 물이 갈색으로 변하였다. 그리고 나에게 냉큼 마시라면서 주시자 나는 그것을 덥석 받아마셨다.

그리고 꿈이 깼다. 그 국어 선생님은 불보살(관세음보살 또는 다른 보살)의 현신이고, 그 유리병 안의 물은 감로주라 하여 병을 낫게 해 주는 약물이라고 할 수 있겠다.

또 다른 하나는 내 몸 안에서 온갖 벌레(특히 바퀴벌레)와 바다 생물(조개 등) 등이 내 몸에서 빠져 나왔다. 그리고 내 몸은 그것들이 나가고 나자, 형체가 거의 사라지다시피 해서 가죽 정도만 남았다.

나는 이것이 내 고질병이 낫는 징조가 아닐까 한다. 그렇게 온갖 더럽고 기이한 것들(온갖 벌레와 더러운 것들)이 내 몸에서 그렇게까지 많이 빠져 나가는 것도 그렇고.

그 질병으로 인해 몸과 마음이 피폐해져 그렇게 가죽 정도만 남은 내 몸과 마음을 여실히 보여주는 게 아닐까?

불교는 그 말씀만 접해도, 심지어 말씀의 뜻을 몰라도 부처님의 가피 (은혜)를 받는다고 했다.

내 종교는 기독교이다. 하지만 이렇게 된 것도 하나님의 뜻이다. 어찌 됐든 간에 나는 조만간은 계속 광우스님의 소나무를 유튜브 시청할 예정이다.

감사한다. 코로나가 터져 잠시 불교 방송을 접하게 해 주신 하나님께도, 믿지 않음에도 불구하고 내게 가피 내려주시는 부처님께도.

사색의 맛

나는 어둑어둑한, 야심한 밤과 꼭두새벽에 감성적이 된다.

해가 떨어지고 나니 저 멀리서 봄에 아지랑이처럼 스물스물 기어 올라오는 생각들…….

요즘 한국에 카페 붐이 일고 있다. 외국보다 늦게 커피 열풍이 일어 카페가 활성화된 것이다. 나는 카페 매니아는 아니지만 커피 매니아이다. 맛있는 커피 한 잔에 사족을 못 쓴다.

이렇게 풍미가 진하고 감미로운 커피처럼, 사색하는 맛이라고 해야 하나 생각하는 재미가 있다.

나는 깊은 생각은 하지 않는 편이었다. 이유는 딱히 없는 것 같지만,

게임도 시간낭비라고 하지 않는 나로서는, '그냥 살아가기에도 벅찬 세상, 그냥 현실에만 최선을 다해 살자. 쓸데없는 고민하지 말고. 주어진 일만 하면 되지' 라고 은연중에 그런 생각을 했던 것 같다.

그러나 그렇게 살아오다 보니 같은 학교 급우들과 함께 한 과제 중에, 얇기만 한 생각으로는 도저히 해결할 수 없는 과제도 있었다. 내 인생에서 또 다른 난관에 봉착한 것이다.

그럴 때마다, '아, 내가 생각의 깊이가 부족해도 너무 부족하구나' 라는 생각이 들었다.

생각을 깊게 하는 사람들을 떠올리면 옛날 고대 아테네의 철학자 소크라테스가 생각난다. 이런 소크라테스 같은 고대의 철학자들은 걸으면서, 그러니까 산책하면서 생각하고 얘기했다고 한다.

현시대에서 나는 철학자라는 직업도 아니기 때문에 고상하게 생각할 여유가 나질 않는다. 나뿐만 아니라, 현시대를 사는 현대인들은 지독히도 바쁘게 살아간다.

보통 현대인들은, 너무 바빠서 아침밥도 거르기 일쑤이며 학생들은 학교, 학원을 다니는 등 공부하느라 바빠 죽겠고, 직장인들은 직장인들대로 야근하고 초과근무해서 초과수당 받고 상사에게 눈칫밥 먹으며 일하는, 일하느라 죽겠다이다.

그리고 나도 지금 일생을 살아가며 밥벌이를 할 직업을 갖는 미래를 위한 준비단계인 대학생이기 때문에 지금 학교에서 접하는 것들을 배우고 익혀야 한다. 어쨌든 나는 별로 생각을 골똘히 하는 편이 아니다.

도쿄대학 약학부와 동대학원을 수석 졸업한 이케가야 유지 씨가 쓴 책 《착각하는 뇌》에서 읽었는데, 인간은 다른 동물과 다른 점이 지식욕이 있다는 점이다.

나는 이런 지식욕과 보다 고차원적인 의사소통을 하기 위해 인간이 글자를 만들었다고 생각한다. 글자로 이루어진 글을 읽고 쓰고 봄으로써 우리는 정보를 알 수도 있고, 정서를 공감할 수도 있고, 흥미를 느낄 수도 있고, 상상할 수도 있고, 생각과 마음을 표현할 수도 있다.

나는 글이야말로 인간이 가진 이성의 최고 산물이라고 생각한다. 그리고 이성은 사고의 산물이다.

생각하는 사람인 로댕 상도 있고, 근대철학의 아버지라고 불리는 유명한 철학자 데카르트도 '생각한다. 고로 나는 존재한다'라고 하지 않았던가? 내가 데카르트의 생각에 좀 더 내 생각을 입히자면….
'생각함으로써 나는 좀 더 인간다워진다.'

다람쥐가 쳇바퀴를 굴리듯이 일상생활을 반복하다 보면 내가 생각을 하지도 않고 주어진 일만 반복하는 기계의 특성을 온전히 가져서 진짜

기계가 되어버린 건 아닌지 생각이 들기도 한다.

　내 자신의 발전을 위해서만 생각을 해야 한다는 게 아니다. 아니 자신의 발전을 위해서라도 생각도 해야 한다.

　그리고 잘 살아내려면 생각을 하고 살아야 한다. 무엇을 하면 먹고 살지, 무엇을 하면 재밌을지, 내일은 뭘 할지 하고 생각을 하고 살아야 한다. 누군가의 말대로, 생각하면서 살지 않으면 사는 대로 생각하게 되니깐.

　서울대학교 공과대학 금속공학과를 졸업하고 KAIST에서 석사/박사학위를 취득했으며 아무도 풀지 못한 난제들을 해결한 황농문 박사님은 《인생을 바꾸는 자기혁명》(생각하고 집중하고 몰입하라)을 책으로 내셨다. 여기에는 생각을 깊이 할 수 있는 방법들도 소개되어 있고, 우리들이 생각을 깊이 하면 인생에서 못 해결할 문제가 없다고 가르쳐 주고 있다.

　하지만 나는 연구원도 아니고 학생일 뿐더러, 나는 이 학교를 졸업하고 나면 당장에 지금까지만 해도 넘치는 의학지식, 간호지식을 비롯해서 환자들을 위해 최신 의학지식과 간호지식까지 배워 써먹어야 하는 간호사가 된다.

　그렇다 보니 생각할 필요가 점점 없어지게 된다.

　그렇지만… 생각하다 보니 맛이 있다. 생각에 빠져든다는 게, 사색에

잠긴다는 게 흡사 나 말고 다른 사람의 일인 양 생각했다. 하지만 나도 그 혼자 생각하는 세계에 빠지고 보니, 그 사색의 향기와 맛과 깊이를 어찌 이루 말할 수 있으리….

아무 형체도 없고 누구도 보지 못하는 내 자신만의 머릿속 세계. 내 몸은 현실세계에 있지만 나는 머릿속 세계를 연상함으로써 내 마음은 저 멀리 아득히 내 상상 속 세계에 발걸음을 옮긴다.

그 고유한 머릿속 세계를 넓히는 나는, 내 머릿속 세계의 창조주. 내가 상상하는 대로, 그 곳에서는 그것이 현실이 된다.

내 세계가 있다는 것이 즐겁다. 그리고 그 곳에서의 현실을 글로 드러냄으로써 추억할 수 있음이 즐겁다.

이 글도 내가 지금 사색의 맛을 느끼는 현실의 달콤하고 아름다운 환희를 글로써 표현하고 있는 것이 아닌가?

상쾌한 팝송을 듣는다는 건,
여름과 겨울의 시간을 즐기며 보내는 것과 같다

•
·
·
•
·

나에게 있어 상쾌하고도 알 수 없는 가사를 가진 팝송을 듣는다는 건, 무더운 여름날 장마를 맞는 기분 같다. 기다리고 기다리던 일상의 무료함에서 벗어나 새롭게 듣는 팝송의 묘미. 이 팝송을 들음으로써 나는 뭔가 조금 더 행복해진다.

일상의 무료함, 나태함, 게으름 속에 잠들어 있던 나의 영혼을 깨워 뭔가 짜임새 있고 보람찬 생활을 하게 되는 것만 같은 기분이 든다. 생활의 활력소가 되는 신선하고 상쾌한 팝송 몇 곡.

알 수 없는 의미의 영어 팝송 가사를 듣다 보면, 그냥 이 가사를 모르고 흘려보내도 좋은 것 같다. 그냥 그 음악의 분위기에 취해, 음악의 노래가사 발음에 취해, 외국의 어느 관광지를 여행하는 것만 같은 기분.

그리고 무더운 여름날씨에서 벗어나 장마를 맞이하며 겪는 서늘하고 비 내리는 어두운 풍경을 우산을 쓰며 걸어가고 있는 나의 모습이 떠오른다.

또는 추운 겨울날, 흰 눈이 내리는 풍경에 취해 온 세상이 눈으로 뒤덮인 아름다운 설경을 바라보며, 카페에서 베프와 담소를 나누며 그 눈 덮인 세상의 아름다움을 넋을 잃고 베프와 같이 바라보게 되는 것만 같은 모습이 떠오른다.

나는 여름과 겨울을 사랑한다. 나는 더위도 잘 타고, 추위도 잘 탄다. 그런데 내가 어떻게 여름과 겨울을 사랑할까? 태연의 '사계' 라는 노래가 있다. 그 노래 가사는 전부가 다 진국이지만, 그 중에서도 맘에 드는 구절을 인용해 보겠다.

사계절이 와 그리고 또 떠나
내 겨울을 주고 또 여름도 주었던
온 세상이던 널 보낼래
정말 너를 사랑했을까

이 부분과,

I gave you the world(난 네게 세상을 주었어)

너만이 전부라

내 겨울을 주고 또 여름도 주었지

뜨겁고 차갑던 그 계절에

정말 너를 사랑했을까

내가 너를 사랑했을까

이 부분.

　나는 뜨겁고 차가운 여름과 겨울의 그 날씨를 견디기 힘들어 하기에 더 사랑할 수밖에 없는 것 같다. 왜냐, 그 날씨 덕분에 나는 여름과 겨울을 더 극진하게 느낄 수밖에 없지 않은가. 여름은 더워서 에어컨과 아이스커피와 장마와 비와 그늘, 서늘함을 찾게 되고…, 겨울은 추워서 따뜻한 도서관과 카페, 전기장판, 난로와 따뜻하고 맛있는 차를 찾게 된다.

　여름과 겨울의 날씨를 견디기 힘들기 때문에, 나는 여름과 겨울을 더욱 온전히 느낄 수밖에 없는 것이다. 그리고 그 여름과 겨울의 날씨에 취해, 그 계절에만 찾게 되는 그 계절의 묘미를 순전히 즐기고 있는 것이다.

　감응력…. 어떤 책에서 읽었는데, 감응력이란 감동받는 마음이라고 한다. 그러니까 나는 여름과 겨울의 날씨를 못 견뎌 하기 때문에, 여름과 겨울이란 날씨가 주는 것에 대한 감응력이 그만큼 큰 것 같다.

그리고, 이 비 내리는 여름의 초저녁에, 어둡고 서늘한 밖과 대비되는 밝고 시원한 내 안방에서 노트북을 두들기고 있다.

나는 노트북에 글을 쓸 때 도파민이 많이 분비된다. 이것은 뇌신경관련 분야 책에서 읽었는데, 작가나 예술가에게서나 창작활동 같은 걸 할 때 도파민이 많이 분비된다고 한다.

세로토닌은 집중을 잘할 수 있게 해 주는 집중 호르몬이고, 90분까지가 한계라고 한다. 그러니까 90분을 넘어가서 어떤 것에 집중할 수 있는 인간 뇌의 힘은 도파민 덕분이다. 나는 글을 쓸 때 너무나도 즐겁다.

소확행…. 소소하고 확실한 행복…. 무더운 여름날씨에 지쳐 있던 때 장마를 맞는 것…. 가사의 의미를 알 수 없는, 신나고 유쾌하고 상쾌하며 낭만적인 분위기의 팝송을 듣는 것.

감응력…. 감동받는 마음의 힘…. 감동받음으로써 즐거워지는 인생.

도파민…. 세로토닌보다 더 강한 호르몬…. 글을 쓸 때 나는 도파민이 분비가 많이 된다. 너무나도 즐겁다.

새벽 감성

새벽에 길을 나서는 것은 즐겁다. 어둑하고도 고단한 밤을 달빛은 비춘다. 달빛이 희미해져 갈 무렵, 시리고 찬 새벽공기가 엄습해 온다. 햇빛이 지고 달빛만 비추이는 짙푸른 밤과 햇빛이 빛나는 밝은 아침의 경계에 있는 푸르스름한 시간의 경계.

나의 옛날의 새벽길은 더블샷 캔커피를 마신 뒤, 기도를 가는 걸로 시작했다. 그 옛날 생활은 그 생활대로 즐거움이 있었다. 하루를 주님께 의탁하면서 시작하면, 그걸로 충분했다.

'주님만이 나의 삶의 이유' 라는 ccm 가사가 있다. 주님만이 나의 삶의 이유라는 말에 전적으로 동감하고 싶지는 않다. 하지만 주님은 나의 삶을 살 수 있게 하여 주셨다.

한 때, 주님은 나의 삶을 살게 하는 이유 중에 하나라고 생각했다. 내가 나의 현재의 삶을 영위하는 이유는, 무엇보다도 주님께서 내 영혼을 이 땅에서 계속 살게 하는 소명을 주심이 크다.

유난히도 상처가 많고 파란만장하고 힘들었던 나의 삶을 살아내면서 죽고 싶은 소망이 간절하여졌으나, 하나님을 만나면서 상처 많았던 몸과 마음이 많이 회복되고 치유되었다.

고로, 나는 나의 삶의 이유가 여러 이유들이 있다고 생각하지만, 아이러니하게도 생각해 보면 주님만이 나의 삶의 이유인 것이다.

주님만이 나의 삶의 이유. 주님이 나를 태어나게 하셨으니 나는 그 분께 감사하며 영광을 올려드리는 것이 당연지사 아니겠는가. 새벽에 일찍 길을 나서서 교회에 도착하여 불 꺼진 새벽기도 현장에서 마음 속의 소원들을 조용히 주님께 읊조린다.

그리고 불이 켜지면 주기도문을 외우고, 찬양곡 하나를 부르고, 설교를 들었다. 이것이 의례적인 새벽기도의 의식이었다.

나의 옛날의 새벽길은 산수오거리에 살 무렵이었다. 현재는 학동 아남아파트에 살고 있다. 그래서 나의 현재의 새벽길은 아남아파트 주변을 돌며 걷는 도보로 시작한다. 차갑고도 시린 새벽공기가 내 숨결을 파고든다.

아남아파트를 돌다가 주택가 쪽의 전봇대 위에 떠 있는 하늘을 바라보면 달빛은 저물어 희미해져 가고 있고, 대신에 별이 총총하게 떠올라 별빛이 반짝인다.

반짝 반짝 작은 별. 별들은 약간의 무리를 형성하여 무슨 모양인지 모를 형태를 빚어내며 각자의 자리에서 빛을 내고 있다. 그렇게 별은 반짝이며, 나에게 오늘 하루도 기운차고 힘차게 상쾌한 하루를 보낼 것만 같은 들뜬 기분이 들게 한다.

어둑한 밤과 빛나는 아침의 푸르스름한 시간의 경계인 새벽에 별을 바라보고 있노라면, 이 세상에 나 혼자만 빛나고 있는 것만 같은 착각에 빠져든다, 마치 저 별처럼.

이 새벽에 아남아파트를 도는 사람은 거의 없다. 아니, 새벽에는 많은 사람들이 운동을 하지만, 내가 운동하는 시간대에 아남아파트 주변을 거니는 사람은 손꼽을 정도다. 그래서 마치 내가 혼자 빛나고 있는 착각에 빠져드는 것이다.

하지만, 이것은 오히려 현실을 제대로 직시한 것이라고 할 수 있다. 이 지상을 살아가면서 이 삶의 주인공은 나 하나뿐이고, 나는 이 삶을 혼자서 살아내기에 내 최선을 다해, 그러니까 빛을 내면서 살아가고 있는 것이다.

그리고 사람은 저마다 빛을 내면서, 그러니까 나름의 최선을 다해 살아간다. 설마 최선을 다해 살고 있다고 생각하지 않을지라도 그 사람의 입장에서는 그렇게 살아가는 것이 최선의 방법일 뿐이다.

나도 지금 최선을 다해 살아가고 있다. 한 때는 우울해서 시간을 무의미하게 흘려보내기도 하고, 그 흘러가는 시간들에 나를 맡겼지만. 현재는 또 내 자리에서 내 삶을 살아가고 있다. 성경에 이런 비슷한 구절이 있다.

"사람이 자기의 길을 계획할지라도, 그 길을 걷게 하시는 이는 하나님이시다"라고. 이것은 사람이 자기의 길을 계획한대로 걸어갈 수 없다는 것이다. 요즘 들어 나는 이 말을 더욱 실감하고 있다.

많은 것을 가진(아름다운 외모, 행복하고 부유한 집안, 총명한 머리) 나이면서도 정작 나의 직업은 요양보호사라는 것을 알기까지는 얼마나 시간이 많이 걸렸는지….

요양보호사도 할 수 있을지 없을지 모르겠다. 다만, 지금은 학원을 다니고 있다. 자격증은 따려고 한다.

주님만이 나의 삶의 이유이듯이(주님이 나를 살게 하셨듯이), 주님이 내 삶에 이유를 주셨을 것이다. 그 분의 뜻은, 모든 사람이 평등해야 한다는 것이 아닐까.

빈부격차와 신분과 성별, 학벌, 직업 등 모든 것을 통틀어 차별이 없는 세상. 기독교가 처음 이 세상에 탄생했을 때(유대교와는 다르다. 유대교는 하나님만 믿는 것이고, 기독교는 하나님과 예수님을 동시에 믿는 것), 서로 사랑하라는 말 이후로 그 분이 하고 싶으신 말은, 모든 사람이 평등해야 한다는 것이 아닐까.

하나님의 아들이신 예수님도 작은 고을의 목수이셨고. 주님은 죄인에게 특히 너그러우셨고. 이방인을 멀리 하라는 당시의 관행을 부수고 이방인에게도 복음을 전하라 하셨듯이.

모든 사람이 평등한 세상이 과연 올까. 사람은 가진 만큼(돈이든, 명예든, 외모든, 학력이든) 대우를 받는데, 가진 만큼 대우를 받는다는 자체가 가진 것에 따라 차별하는 것이 아닐까.

모든 사람이 서로 사랑하고 서로 평등한 주님의 세상(천국)을 꿈꿔본다. 천국은 상태이지, 장소가 아니다. (천국은 죽어서 가는 장소가 아니다. 현재 상황도 얼마든지 천국이 될 수 있다. 주님의 뜻이 함께한다면.)

새벽 향기

．
．
．
．

나는 새벽에 일어나 그 하루를 맞이하는 것이 즐겁다.

새벽에는 해가 지고 달빛을 받아서 어둡고 푸르스름한 기운이 있어 석양이 지는 노을과는 또 다르게 낭만적이다.

새벽에 일찍 일어나면 그 일어난 하루 동안을 잘 활용하기만 한다면 매우 보람차다.

이른 밤에 숙면을 취한 뒤 일찍 새벽에 일어나 모닝커피로 편의점에서 더블샷 캔커피를 마시고, 유튜브에서 피아노음악을 들으며 나는 소박하고도 개인적인 시간을 보낸다.

컴퓨터로 인터넷을 하기도 하고, 한글파일을 열어서 글을 쓰기도 하고, 성경을 읽기도 하고, 책을 읽기도 한다.

지금 유튜브에서 피아노음악이 흘러나오고 있다.

내 마음을 정화시켜 주는 것만 같은 맑은 가락이다. 이 맑고 향기로운 음악을 듣고 있자니 문득 사자성어 2개가 떠오른다.

화양연화라고 했었지… 꽃처럼 아름다운 시절….

꽃을 피우려고 머금는 것도 아름답고, 향기를 흩뿌리며 꽃이 피어나가는 것도 아름답고, 마침내 꽃이 활짝 피어난 것도 아름답다. 우리는 아름다운 것을 떠올려보라고 하면 대개 꽃을 떠올린다.

화양연화. 직역하면 꽃모양의 아름다운 해. 의역하면 꽃처럼 아름다운 시절.

그리고 내 머리에 떠오른 다른 사자성어는 호우시절. 호우시절의 뜻은 좋은 비는 때를 알고 내린다.

화양연화와 호우시절, 모두 내가 좋아하는 사자성어들이고 의미가 서로 비슷하다.

이 사자성어들 모두 인생의 아름다운 시절을 이야기하고 있다. 인생의 아름다운 시절을 이야기하는 것은 인간은 행복하게 살고 싶어 하기 때문이라서 이 행복을 이야기하는 것이라고 생각한다.

나 또한 행복해지고 싶다.

그리고 그러기 위해서는 되돌릴 수 없는 현실이 행복해야 된다고 생각한다.

지금 해야 하는 것을 하며 내 인생에 책임을 지면서 그러나 너무 힘들다고 생각하지 않고 즐기면서 열심히 살아야겠다.

아…, 인생의 가장 행복한 시절은 지금이라고 말할 수 있는 사람은 얼마나 행복한 사람인가.

새해 첫날 일출

*22*년 12월 31일 밤 9시 즈음 출발하는 기차를 타러 송정리역으로 갔다. 부모님과 나는 세면도구와 약 같은 것들을 간소하게 준비해 배낭에 들고 갔다. 첫 출발은 설렌다. 동해의 정동진이 손꼽히는 새해 첫날 일출을 보기 좋은 명소였기 때문이다. 나는 일출 사진 찍는 방법 같은 것들과 일출 명소 같은 것들을 인터넷으로 검색하고 준비해 갔다.

열차를 타고 달리고 달려서 마침내, 2023년 1월 1일 새벽 5시 즈음 정동진에 도착했다. 잠자리는 엄청 불편했다. 옷을 따뜻하게 껴입고 갔어도 말도 못할 추위가 열차 안에 가득했다. 난방이 되어 있긴 했지만 미지근 하달까. 차갑달까. 그런 기분 나쁜 미지근한 추위가 몸 주위를 감싸고 돌았다. 그리고 발도 제대로 뻗지 못하고 머리도 기분 좋게 눕지 못했다.

앉아서 몸을 웅크린 채로 의자 모양대로 몸을 부착시키고 있는 수밖에 없었다. 머리에 베개를 벤 채로 두 발 뻗고 편하게 누워서, 그리고 따뜻한 공간에서 두꺼운 이불을 덮고서 잤던 집에서의 생활이 정말 천국이라는 생각이 들었다. 집은 보금자리이다. 나는 주로 밖에서 시간을 보내고서 늦은 오후나 저녁에 들어와서 집에서 쉬면서 잠을 자곤 한다.

그렇게 집을 별로 안 좋아하고 밖에만 돌아다니는 나였음에도 불구하고 이번 여행은 집의 소중함을 깨닫게 해 주었다. 너무 당연하게 있기에 그 소중함을 알지 못하는 집 같은 것들이, 많을 것 같다.

정동진에 도착해서 아침밥을 먹었다. 원래 우리 가족은 아침은 안 먹지만 시간 때울 겸 먹기로 했다. 그리고 대합실 부근의 음식점에서 매운탕 종류로 하나 먹었다. 그리고 다시 대합실로 돌아왔다. 일출은 7시 반 즈음 정도라고 했다. 대합실 안에만 있다가 갑갑해서 밖으로 나왔는데, 하늘이 환상적이었다. 6시 반 즈음 되었겠다. 일출 사진 찍는 방법을 검색했던 게 생각났다. 해가 뜨는 시간은 5분이고, 그 내외 30분 정도가 매직 아워, 마법의 시간이라고 해서 하늘의 빛깔이 여러 가지로 매우 아름답다고 했다. 나와 엄마는 아빠에게 지금 하늘 색깔이 너무 아름답다고, 지금 매직 아워(마법의 시간)라며 해돋이를 보러 가자고 하였다.

하늘 색깔이 보랏빛, 주홍빛, 붉은 빛이 섞여 매우 아름다웠다. 매직 아워, 마법의 시간이었다. 마법이라도 부린 듯이 해가 뜬 뒤 보이는 하늘의 색, 소위 하늘색이 아니라 붉은 빛, 주홍빛, 보랏빛이 섞인 아름다운 하늘이었다. 해가 뜨기 직전과 해가 진 직후에는 이렇게 하늘은 아름답게 여러 가지 색깔들로 물든다. 해가 떠서 밝고 찬란한 빛이 자리하기 전과 후, 마치 인간의 탄생과 죽음 같다는 생각이 든다.

　인간이 태어날 때 사람들의 축복을 받고, 인간이 죽을 때 사람들이 빌어주는 명복을 받고서 흙으로 돌아가기 때문이다. 우리 인생에서는 매직 아워가 길기를 기대해 본다. 마법이 부려져서 아름답게 하늘이 물드는 시간이 길어지는 것처럼, 사람들의 사랑과 축복을 오랫동안 받으면서 아름답게 인생이라는 하늘을 물들이고 싶기 때문이다.

　7시 20분~7시 50분 정도 사이에 해가 떴다. 처음에는 배 모양의 호텔에 가려서 해가 잘 보이지 않았다. 빨간색으로 빛나는 동그라미가 떴다. 앞으로 더 가까이 가서 보니 해가 맞다는 걸 알 수 있었다. 나는 일출 사진 찍는 방법 중 하트 손모양 안에 해가 들어간 사진을 아빠보고 찍어주라고 하였다.

　그리고 해가 뜬 뒤로는 관광버스를 타고 이동하며 동해 부근을 돌아다녔다. 동해의 맑은 파란색 바닷물 빛깔이 너무도 인상적이었다. 이제껏 봐왔던 다른 바다와 달리 맑으면서도 유독 파랬다. 사진을 찍어서 동해의 바닷물 색깔을 담아냈다.

부모님과 떠난 이번 무박 2일 정동진 여행은 처음에는 상당히 고통스러웠다. 열차에서 자는 것이 너무 힘들었기 때문이다. 춥고, 편하게 눕지도 못하고. 하지만 정동진의 매직 아워와 새해 첫날 일출, 그리고 동해의 맑은 파란 색깔 물빛을 보면서 그 고통이 있었기에 이렇게 소중한 추억을 가질 수 있었다고 위로하게 되었다.

이번 여행에서는 집의 소중함을 깨닫게 되었다. 집은 쉬고, 자고, 생활하는 따뜻하면서도 시원하고, 편안한 곳이라는 것. 그리고 무엇인가 한 가지 얻으려면 한 가지는 포기할 수 있어야 한다는 것. 불편함과 고통을 이겨내고, 정동진의 일출과 매직 아워, 동해의 아름다운 맑은 물빛을 볼 수 있었으니 말이다.

이번 2023년 새해는 모두에게 저기 정동진에 떠올랐던 해처럼 매직 아워도, 해가 떠올라서 찬란하게 빛을 내는 시간도 모두 길어지길 바란다.

Happy new year(행복한 새해)*!!!*

서울 인근인 부천에서 걸렸었던 장염

．
．
．
．

날씨가 갈수록 더워져만 간다. 하늘이 원망스럽지만 어쩌겠는가. 이 더운 날씨에 차가운 아이스크림이나 차가운 커피나 차가운 음료 같은 차가운 음식이 땡기는 것이 당연하다.

하지만 조심해야 한다. 차가운 음식을 자주 먹다가 장염이 걸릴 수도 있으니 말이다. 장염에 걸리면 섭취한 것을 바로 내보내 버린다. 필요한 영양분도 섭취하지 못한 채 말이다.

그러니 얼마나 위험한가. 우리가 살아가려면 영양분이 필요하고, 영양분에서 에너지를 얻는데 말이다.

나는 서울 인근인 부천의 토익 기숙학원에서 토익 고득점을 따내기 위해 부단히 노력했다.

아침 7시에 일어나고 밤 10시에 잠자리에 들어갔다. 그 당시에는 하나님을 믿긴 했었는데 기도할 생각조차 하지를 못했다. 부천에서 토익기숙학원의 유이하게 공식적인 휴일일 일요일마다 교회는 열심히 다녔긴 했다. 하지만 왜 그런지 기도를 평일과 토요일에도 생활화하지는 못했었다.

서울 강남에서 peet(약대 입학시험) 학원 다닐 때는 날마다 새벽 5시에 일어나서 성경 읽고 기도하고 혼자 방에서 부족한 기본기를 어떻게든 따라가려고 자습을 했다.

그리고 학원에서는 아침 7시 정도부터 수업을 들어서 저녁 6시까지 수업진도를 따라가기 바빴다. 그리고 밤 10시나 11시까지 자습을 했다.

그 당시 갑자기 공부량이 엄청나게 늘어나고 하루 종일 공부만 하다 보니 스트레스를 많이 받아서 10시나 11시에 공부를 마치고 오피스텔로 들어오면, 새벽 2시나 3시까지 컴퓨터를 가지고 놀았었다.

확실한 건 그 당시 평균 자는 시간은 2시간 정도뿐이었단 것이다. 하지만 왜인지 모르게 힘들지가 않았다.

그러나 자는 시간이 2시간 정도뿐이고 소화가 안 돼서 잘 못 먹다 보니 건강에 무리가 왔다.

안구가 돌출되었다. 안경 안 끼고서 양쪽 시력이 약 0.2 정도였는데, 이렇게 안 좋았던 눈이 더 안 좋아져서 안경을 다시 맞췄다.

아빠가 광주에서 서울까지 찾아오고, 안경점에서 다시 안경을 맞췄다. 그리고 공부에 다시 매진하기 위해 건강해져야 하니 더 많이 먹으려고 노력했다.

또 학원의 공식적인 휴일인 토요일과 일요일을 눈이 더 나빠지기 전에는 공부했었는데, 눈이 더 나빠져서 안경을 다시 맞춘 뒤로 일요일은 무조건 full로 쉬려고 노력했다.

어찌됐든 peet 시험에 합격은 못했지만, 그 당시 하나님의 권능을 체험할 수 있었던 시기였다. 내가 그토록 오래 못했던 공부를 힘들지 않게 공부시간을 많이 가질 수 있었으니 말이다.

peet 시험공부를 하기 전에 다니던 부천의 토익기숙학원에서는 아침 7시에 일어나고 밤 10시까지 죽도록 토익공부만 해대는데 죽을 맛이었다. 잠시도 자리를 움직이질 못했다.

기도를 생활화하지 않고 그렇게 죽도록 토익공부만 하니 암이 걸릴 정도로 스트레스를 받아대서 속이 너무 답답하고, 갑갑했다.

나병 환자는 살이 썩어 문드러진다는데, 나는 몸속의 장기가 썩어 문드러지는 듯한, 너무 답답하게 옥죄는 느낌이었다.

하지만 아침에 일어날 때마다 보람차고, 뭔가 해내야 될 것 같다는 생각에 정신을 바짝 차렸다. 그리고 아침에 일어날 때마다 전날 저녁 식사

시간(식사시간과 잠자는 시간만 책상에서 자리를 비움)에 사두었던, 병 뚜껑을 옆으로 돌려 끌러서 따는 칸타타 커피는 내게 피로회복제이자 자양강장제였다.

하지만 전날 저녁 식사시간에 사두어서 다음날 나의 아침 기상시간까 지 계속 냉장고에 있었던 터라 매우 차가웠다. 그렇게 속이 차가워지는, 차갑디 차가운 커피를 아침마다 벌컥벌컥 들이켜 대니 장염에 걸려 버 렸다. 부천 동네의 의원도 찾아가 보고, 교회에서 목사님의 신유(건강 회 복) 기도를 받으면서 약 한 알을 선물 받았다.

그렇게 장염은 나을 수 있었다.

신문 사설 쓰기

·
·
·
·
·

아빠가 신문 사설을 베껴 쓰면 용돈을 주겠다고 했다. 그래서 나는 오늘치 신문을 쓰려고 했는데, 오늘자 신문이 없었다. 토요일치 신문 베껴 쓰다가 중간에 그만뒀었는데, 신문이 토요일치 신문밖에 남은 게 없었다.

용돈 때문에 손으로 적다가 힘들어서 관뒀었는데, 찝찝하던 차에 잘됐다고 생각했다. 그리고 토요일치 쓰다가 남은 나머지 글을 써내려갔다. 그리고 아빠에게 보여줬다.

그런데 아빠가 도무지 보질 않으려고 하였다.

"아니, 좀 보라고! 검사 맡으려고 쓴 거잖아! 보라고, 좀 보라고!"

그런데 눈으로 흘깃 보더니 썼으면 됐다며 용돈을 줬다.

그러다가 이내는 아빠가 내가 손으로 베껴 쓴 사설을 봤다. 그리고는 나에게 성질을 냈다. 왜 토요일치를 쓰냐고. 오늘 치를 써야지.

젠장! 나는 엄마에게 성질을 냈다. 신문이 왜 토요일치 밖에 없냐고.

그리고 엄마도 나에게 성질을 냈다. 아니, 신문을 제깍제깍 치워버리니까 좀 제때 제때 보라고.

그리고 나도 내 가방에게 성질을 냈다.

아니, 왜 오늘치 신문을 먹어버리고 입 다물고 있냐고. 가방 너 때문에 나만 혼났다고.

내가 가방 안에 신문을 넣어두고 깜빡한 것이었다.

제 3 부

음악은 나의 뮤즈

아이스크림

.
.
.
.
.

나는 스트레스를 푸는 방편의 하나로 아이스크림콘을 하나 딱 포장지를 벗기고 먹는 방법을 택한다. 하루 종일 공부하고 집에 늦게 들어왔을 때나 무더위에 지쳐갈 즈음, 또는 피로를 푸는 방법으로 아이스크림콘을 하나 먹는 것이다.

아빠가 그랬다. 마라톤이나 기타 발을 많이 쓰는 운동선수들은 그 육체의 피로를 푸는 방법으로 차가운 물에 발을 씻는다고.

중심사 쪽 동작골에서 시작해 동작골 쉼터를 지나, 또, 세인봉 삼거리를 통해 세인봉까지 나 있는 길이 있다. 세인봉까지 가는 길목에는 가끔씩 냇가들이 보인다. 그 중에서도 그늘이 많이 져 있고, 벤츠와 운동기구가 있는 냇가가 있다.

등산할 때는 그냥 지나치지만, 하산할 때는 그 쪽을 지나면서 잠시 쉬었다가 발을 그 물에 넣고 냉찜질을 한다. 그러면 그 갑자기 발을 통해 온몸을 엄습해 오는 차가움이란….

나는 아이스크림콘을 먹을 때마다 그 중심사 세인봉을 등산하고 난 뒤, 하산하면서 들른 냇가에서 발을 냉찜질한 기억이 떠오르는 것이었다. 나에게 있어 피로를 푸는 방법이니깐….

아이스크림콘은 일단 값이 싸다. 슈퍼에서 한 개 1,000원 정도 한다. 그리고 아이스크림콘을 하나 먹는다고 해도 살이 찌지 않는다. 맛있는 것을 먹는 것도 즐거운 삶을 살아가는 일종의 방법이라는 말을 하는 사람이 있었다. 그리고 맛있는 것을 먹는 것도 소소한, 인생의 즐거움이라는 것은 많이들 알고 있을 것이다.

밥을 먹고 간단한 후식이 필요하거나, 하루 종일 밖에서 무언가 생산적인 일(예를 들면 공부라든지 독서라든지 무엇인가 에너지를 소진하는 일, 에너지를 소진한다는 데서는 마이너스적으로 볼 수도 있겠으나 그 에너지를 소진함으로써 내 인생에 뭔가 지식이나 경험 같은 것을 생산해내서 생산적인 일이라고 규정한다.)을 하고 들어왔을 때나, 무더위에 지치거나 피로가 쌓이고 스트레스가 쌓였을 때 아이스크림콘을 하나 먹음으로써 나는 그 고단함을 씻어낸다.

그렇게 고단하고 힘듦을 견뎌냈던 나에게 스스로가 대견해서 "잘했어", "해냈어" 하고 다독여주는 일종의 자기위로이기도 하다. 어찌 됐든 그 고통을 이겨낸 1,000원어치 값싼 보상을 해 주는 것이다. 이 맛있는 아이스크림콘을 먹음으로써 그 순간들을 이겨내서 나의 인생에 무엇인가 더 생성해냈음을 자축하는 일종의 의식이다.

1,000원어치 값싼 보상이지만, 그 아이스크림을 먹으면서 내가 해 냈던 것을 생각해 내기도 하고, 앞으로가 장밋빛 미래가 될 것이라며 자신을 위로하기도 하고.

그렇게 내가 먹는 아이스크림에는 많은 의미가 담겨 있다. 1,000원으로 만끽하는 10만 원어치의 행복이랄까. 하하하.

그리고 그 아이스크림을 먹게 되기까지의 이 아이스크림을 먹게 된 의미를 생각하며 먹기도 하지만, 그 아이스크림의 순전한 맛에 취하기도 한다. 내가 주로 먹는 아이스크림은 초코 아이스크림이거나 우유 아이스크림이다.

초코의 달콤함, 초코의 까만 색, 피로를 씻어내 주는 차갑고도 달콤한 맛. 그리고 우유의 부드러움. 우유 향의 포근한 냄새, 감미로우며 차가운 맛. 초코와는 반대로 하얗고도 순수한 맛.

여러분도 피로를 푸는 자신만의 기분전환 방법을 마련해 보시길 바란다. 남자친구와 조조영화를 보러 간다든지, 새벽에 일찍 일어나서 새벽 기도를 간다든지, 밤늦게까지 친구와 전화로 수다를 떤다든지, 아니면 일상에서 가볍게 차가운 물로 발을 씻는다든지, 일어나자마자 팝송을 듣는다든지 아니면 일어나자마자 산책을 간다든지.

말하다 보니 하루를 조금 더 빨리 시작하거나 하루를 조금 더 늦게 끝내라는 말 같아서 미안하다. 하지만 일상에 조금만 더 자기를 위로해 주는 기분전환 방법을 하나만 심어놔도, 우리의 일상은 조금은 덜 버겁게 느껴질 수 있다.

오늘을 살아가는 당신을 위하여, 나를 위하여, 그리고 우리 모두를 위하여! 파이팅!!!

어릴 적 친구들에게

●
:
●
:
●

친구들아, 잘 사니? 내가 다녔던 광주 서석초등학교. 그 곳에서 너희들을 만날 수 있어서 정말 행복했단다. 다들 잘 살고 있길 바래. 나는 그냥 너희들이 모두 건강하고 행복했으면 좋겠단다. 친하게 지냈던 애들과 안 친하게 지냈던 애들 모두.

저번에 초등학교 동창 모임을 나갔는데, 나는 모르는 애들이 많았어. 나는 같은 반이었던, 우리가 같이 시간을 보냈던 그 반 아이들이 보고 싶었는데. 모르는 애들이 많이 나왔더라. 그래도 나름 즐거웠어. 우리가 같은 반이 아니라 같은 학교였단 것만도 소중한 인연이 아니겠니.

애들아, 잘 사니? 나는 잘 살아. 다만 지금 힘든 시기를 겪고 있단다.

내 초등학교 이름은 강수연이야. 앨범에 나와 있어. 그 당시 나는 눈이 너무도 안 좋은데 안경도 안 쓰고 다니고 거울이 없어서 얼굴을 아예 안 보고 다녔는데, 이제 와서 앨범을 보니 내 사진이 잘 나왔더라. 예쁘게 찍어준 사진기자 아저씨도 고맙고, 내가 나름 예뻤단 생각이 든다.

얘들아. 나한테 소중하고 행복한 시간을 선물해 줘서 정말 고맙다. 나는 1학년 3반, 2학년 3반, 3학년 3반, 4학년 1반, 5학년 1반, 6학년 2반이었던 것 같아. 너무 행복해서 잊을 수가 없단다.

그리고 내가 욕한 애들이 있었다면 미안해. 너희들 맘을 아프게 할 생각은 아니었어. 나는 뇌출혈을 앓은 적이 있어서 내가 무슨 말을 하는지 통 그 당시에는 기억할 수도 없었고 무슨 말을 하는지조차 분간하지 못했단다. 지금은 정신이 매우 뚜렷해진 상태야.

얘들아, 우리 모두 잘 살고 행복하자. 살아있다는 것이 얼마나 행복한지 아니? 살아있어서 보고 듣고 느끼고 말하고 먹고 입고 돌아다니고…. 이 세상에 살아 있는 축복을 맘껏 즐기자. 모두 건강하길 바라.

그리고 제발 왕따는 시키지 말자. 왕따 당하는 아이는 얼마나 힘들겠니? 혼자 있다는 게 얼마나 외로운 일인지 아니? 나는 겪어봤단다. 너무

힘들고 고통스럽고 괴롭고 죽을 것 같았어. 당시에 따돌림 당했던 (박)
양지야, (김)혜선이가 너 애들이 따돌려서 정신과 약 먹는다면서 양지
너하고 같이 놀자고 했는데. 나는 용기가 없었단다. 미안해. 우리(나랑
혜선이)가 같이 놀면 우리까지 따돌릴까 봐 그랬단다.

　나는 모두가 함께 즐겁게 건강하고 행복하게 살았으면 좋겠단다. 우리
모두 사랑하며 살자.

영원히 눈부신 빛

보통의 인터넷에서 사용하는 내 아이디는 eternalglare이다. '영원한 빛'이라는 뜻이다. 정확히는 '영원히 눈부신 빛'이다. eternallight를 아이디로 할려고 했는데, 그 아이디는 있어서 eternalglare로 아이디를 만들었다.

'달빛천사'라는 만화에서 eternal snow라는 노래를 알게 되면서 eternal이라는 단어를 처음 접한 것 같다. eternalglare, 영원히 눈부신 빛. eternalglare라는 아이디를 갖고서 내가 주로 활동하는 무대는 facebook이다.

facebook은 마크 저커버그가 개발한 인터넷 사이트이다. 좋아하던 소녀에게 고백하기 위해 만들었던 웹사이트라고. 나는 옛날에는 그저 내

일상들과 셀카 위주로 올렸었다.

　그런데 인문학 교수님에게 내가 썼던, 그 당시에는 미공개였던 내 글들을 교수님에게만 보여드렸다. 그랬더니 사람들에게 많이 보여주라고 하셨다. 그래서 나는 facebook이라는 sns를 통하여 글을 올리고 있다.
　수필, 시에 이어 셀카, 풍경사진, 인물사진(주로 부모님과 나)도 올리고 있다. sns가 social network service(사회적 관계망)이다 보니 facebook을 하다 보니 사회적으로도 내 이름이 알려지고 있는 것 같다. 친구 추천에 많은 사람들이 뜨는 걸 보면 말이다. 그 사람들은 내 facebook을 봤다는 거니깐.

　나는 eternalglare라는 뜻처럼 '영원히 눈부시게 빛나는 사람' 이고 싶다. 외모나 글이나 성격이나 등등 어느 면에서 보건 긍정적이고 밝게 빛나는 사람이고 싶다.
　사람들 중에 나보고 천사라고 하는 사람들이 종종 있다. 내 친한 학원 언니도 그렇고, 내 교회 절친도 그렇고, 교회를 다니던 권사님도, 실로암 교회를 다닌다던 옷가게 아주머니도.
　나는 그걸 아니라고 심각하게 따지진 않고, 그냥 기분 좋게 생각한다. 천사처럼 착하고 이쁘다는 건데, 천사라고 해 주면 싫어할 사람이 누가 있겠는가.

나의 영원한 빛은 하나님이시다. 그리고 부모님, 또 나와 친한 사람들이다. 빛이 없고 어둠밖에 없으면 아무것도 보이지 않듯이, 그들은 나에게 나의 인생을 눈부시게 만들어주는 존재들이다.

그들이 있어서 나는 행복하다. 하나님, 부모님, 그리고 친한 사람들은 내가 사랑하는, 생명이 있는 존재들이다.

내가 사랑하는 글쓰기나 새벽, 커피, 맛있는 음료수 등등은 생명이 있지 않다. 이것들은 이 영원한 빛(내가 사랑하는, 생명 있는 존재들)을 더 빛나게 보이게 하는 일종의 어둠이라고도 할 수 있겠다. 아니면 눈부신 빛에 딸려 있는 잔빛이랄까.

나도 eternalglare라는 내 아이디처럼 여러분들에게 '영원히 눈부신 빛'이고 싶다. 내 글이나 사진이나 등등 facebook에 올려진 내 게시글을 보면서 여러분이 평안과 위로를 얻고, 힘이 났으면 좋겠다.

그리고 꼭 그렇지 않더라고 재미와 공감, 감동을 얻는 것만도 괜찮다. 힘내시라! 오늘 하루도 즐겁고 힘차게 보냈으면 좋겠다.

오, 자네 왔는가

．
．
．
．

오늘 오전에 동명교회 2부 대예배에서 이상복 목사님의 설교를 듣고 와서 부모님과 함께 엄마가 운전하는 차를 타고 선운산에 갔다. 선운산에 도착하기 전 선운산 부근의 식당에서 소금장어구이와 양념장어구이를 먹었다. 그리고 선운산으로 향했다.

선운산은 곡성, 대장금 등 3개 영화의 촬영지로 유명했다.

비가 살짝금씩 오다가 그쳐서 약간 서늘한 초가을 날씨에 햇빛은 별로 나지 않았다. 푸르른 녹음이 우거진 선운산에서 서늘한 산공기를 마시며 부모님과 수다를 떨었다.

선운산은 녹색이 많아서 그런지 모르겠지만 매우 편안했다. 그리고 세

부처님을 모신 절도 보였다. 비로자나상(부처님)과 약사여래상이 기억에 남았다. 비로자나상은 부처의 몸에서 나오는 빛과 지혜의 빛이 세상을 두루 비추어 가득하다는 뜻으로, 부처의 전신을 말한다고 한다. 약사여래상은 중생의 모든 병을 고쳐주는 부처라는 뜻이라고 한다.

우리 엄마는 생일이 음력 4월 2일이고, 부처님은 음력 4월 8일이 생신이다. 아빠는 엄마가 부처님과 비슷하다고 한다. 나는 엄마가 약사여래상과 비슷하다고 말했다. 아빠는 생일이 음력 12월 20일이다. 아빠는 자기가 예수님과 비슷하다고 평소에 말하곤 한다.

아무튼 간에 세 분의 부처님이 계신 절에서 나는 비로자나상 앞에서 기도했다.

"부처님, 제 꿈이 맞다면 제 전생은 사람들을 위해 기도해 주는 법사였다고 기억합니다. 부처님을 배신하고 싶지 않았지만, 도저히 몸이 아파서 하나님을 믿게 되었습니다. 몸이 아프니 사는 게 힘들고 괴롭고 일상생활까지 잘 할 수가 없는데 죽지는 않으니 미칠 노릇이겠더라고요. 어찌 됐든 부처님은 전생, 현생, 내생까지 책임지시는 분이시니 기도합니다. 부디 간호대를 그만두고 결혼하게 해 주세요. 이제 좀 편하게 살고 싶습니다. 당신을 배신한 점은 죄송합니다. 나무아미타불."

그리고 돌아오는 길엔가 어디쯤을 가던 길인지 모르겠지만 거기서 보고 읊었던 시가 생각난다. 스님이 쓰신 시인데.

오, 자네 왔는가. 이 무정한 사람아.
청풍을 타고 왔는가 현학을 타고 왔는가.
자네는 먹을 갈게.
나는 차나 끓임세.

그리고 아빠가 연신 "오, 자네 왔는가. 이 무정한 사람아"를 읊어댔다. 그 말을 계속 듣고 있자니 갑자기 어렸을 때 친구들이 생각나면서 눈물이 나왔다.

나는 그 스님께 답시를 보낸다.

오, 기다렸는가. 나는 몰랐네.
자네들이 너무 그리워 돌아왔네. 너무 외롭고 쓸쓸하여 돌아왔네.
나는 이제 간 먹으로 글을 쓰겠네.
자네도 내 옆에서 답가를 써주게.
그리고 끓인 차를 마시며 수다나 떪세.

외모지상주의 시대

．
・
・
・
・

요즘은 외모지상주의 시대이다. 외모가 최고의 가치라고 생각하는 시대 말이다. 그도 그럴 것이, 요즘은 외모가 받쳐주면 연예인으로 데뷔해서 돈도 많이 벌고, 인기도 많은 화려한 생활을 할 수 있기 때문이다. 그렇지 않으면 외모를 무기로 인스타그램에서 협찬 같은 걸 주로 받고, 외모를 찍은 사진도 많이 올리는 인플루언서가 될 수 있다. 또, 같은 직업인데 능력이 동급이라고 할 때 외모가 잘 날수록 더 채용되기가 쉽다. 당연하지 않은가. 무엇이든 많이 갖추는 게 좋은 법인데.

특히나 한국은 외모지상주의가 심하다. 성격과 외모는 별개인데, 예쁜 사람들이 착하다라는 말도 있다. 나는 어느 정도 동조한다. 착한 사람들 중에 예쁜 사람이 있는 경우는 드무나, 예쁜 사람들 중에는 착한 사람들이 있는 경우가 더러 많이 있다. 왜 그런지는 모르겠다.

한국의 외모 이상형 기준을 내가 아는 대로 나열해 보겠다. 남자는 키 180cm 이상, 잔근육이 있거나 슬림한 체형 선호, 눈은 보통 외꺼풀을 좋아하는 여자들이 많고, 코는 높아야 되고, 소두에 비율이 좋아야 한다.

'사' 자 달린 고위전문직(판사, 검사, 변호사, 의사, 약사)이면 좋고. 돈은 많이 벌수록 좋고. 주변에 이성은 없을수록 좋고. 다정다감하고 배려심 있고, 재밌으면 좋고. 그게 안 돼도 말이 잘 통하면 좋고.

여자는 키 160cm대 중후반이 제일 좋고. 쭉쭉빵빵, 소위 나올 데 나오고, 들어갈 데 들어간 날씬한 글래머 체형 선호, 눈이 크고 코가 작고 높으며 붉으면서 작고 도톰한 입술을 원한다.

소두에 비율이 좋아야 한다. '사' 자 달린 고위전문직일수록 좋고. 그렇지 않다면 학벌이 좋고, 집안에 돈은 많으면 좋고. 남자와 마찬가지로 주변에 이성은 없을수록 좋고. 성격도 다정다감하고 배려심 있고, 재밌으면 좋고. 그게 안 돼도 말이 잘 통하면 좋고.

나는 인터넷 사이트 Nate에서 해석남녀판을 즐겨 보는 편이다. 남자와 여자의 심리가 다르다는 자체가 재밌고, 더 알아갈수록 재밌고, 남자에 관심이 있기 때문이다. 나는 남자들과 접점이 별로 없어서, 그들을 잘 모르는데. 남자들의 심리를 알아가는 게 재밌기 때문이다. 그 해 석남녀판을 보면 외모 이야기도 심심치 않게 등장한다. 그리고 내가 제일 관심 가는 분야도 그 종목이다. 어느 정도 외모에 자신 있기 때문이기도 하다. 그리고 '이쁜 여자'에 관해서 써지는 글도 다양하다. 그리고 읽으면서 공감 가는 글이 대부분이다. 아예 다 맞는 건 아니지만.

그리고 내가 가장 흥미로웠던 부분은…. 남자는 서열 1위를 따르고 그 주변으로 사람들이 모이게 되어 있는데, 여자는 잘 날수록 여자들이 따돌린다는 것.

남자들의 세계는 서열 세계라 그런가. 서열에 따라 잘 살고, 못 살고 정해지니깐. 남자는 이성적인 동물이기도 하고. 이성에 따라서, 잘 살려면 이 놈 옆에 붙어서 손해 볼 게 없다고 생각하는 건가 싶기도 하다.

그렇다면 여자들은? 여자들은 흔히들 감정의 동물이라고 한다. 시기질투하는 감정이 지나쳐서 잘난 여자를 배 아파서 못 견디겠으니까 그런 식으로라도 괴롭히는 거라고 생각한다.

그냥 내 이론이다. 나름 해석남녀판을 즐겨 보는 판녀로서 내가 판단 내려 본 남녀들의 심리 말이다.

나는 시기질투하는 감정이 없는 편이다. 내가 잘 났는지는 몰랐을 때는 어릴 적이었다. 거울도 안 보고 살았다. 왜 그랬는지는 모르겠지만.

그리고 그 당시에는 핸드폰도 나오지 않아서 자기가 자기의 사진을 찍는 셀카도 폴라로이드 사진기 빼곤 없던 시절이었다. 하지만 어느 정도 커서 사진 앨범을 뒤척이다 보니, 내가 이렇게 예뻤나 싶었다. 그리고 요새는 핸드폰으로 셀카도 자주 찍어서 얼굴 모습도 확인하곤 한다.

어렸을 적, 그러니까 초등학교 시절 즈음에는 대리만족하고 살았다. 친구들의 행복을 우선으로 빌어줬었다. 나는 초등학교 시절에는 시험이 있을 때에는 공부도 잘 하는 편이었다. 초등학교 공부가 얼마나 어렵겠냐마는, 전교 1등을 놓치지 않았으니까. 시험이 잠시 사라졌었는데, 그때는 친구들하고 노느라 바빴다. 어떤 내 친구가 활발하면 내 친구가 활발해서 사는 게 즐겁겠다고 좋아하고, 어떤 아이가 이쁘면 친구하고 싶다고 생각하고, 어떤 내 친구가 공부를 잘 하고 이쁘면 친구가 잘 되길 바랐고. 나는 시기질투하는 감정이 없는 편이었다.

그런데, 좋은 직업을 가진 걸 보면 배가 좀 아프다. 배 아파 죽는 건 아니고, 그냥 내가 가지지 못해서 약간 배가 아프다는 것. 어떻게 알 수 있었냐면, 친하지도 않은 어떤 교회 할머니가 자기 딸인가 손주인가가 peet(약대 입학시험)를 합격할 수 있게 기도해 달라는 것.

아니, 내 기도도 바빠 죽겠는데, 잘 알지도 못하고 말도 트지 않은 자기 기도를 해 달라니. 그것도 내가 불합격했던 peet 시험에 합격하게 기도해 달라니. 어이가 없어 말은 안 나왔지만 대충 알겠다고 했었다.

　누군가에게 자기를 위해 기도해 달라고 부탁하는 건 큰 실례라고 생각한다. 그것도 잘 알지도 못하는 사이에 말이다. 그리고 잘 알고, 친한 사이여도 별 것도 아닌 일에 기도해 달라고 한다면 큰 실례이다. 본인은 별거 아닌 게 아니겠는 일이어도 말이다. 기도해 준다는 사람이 본인보다 더 심각하고 중요한 상황에 처해 있는 경우도 많으니 말이다.

　그러니 중보기도는 부탁한다기보다는 기도해 주는 사람 마음에서 우러나와서 해 주는 게 맞겠다. 기도해 주는 사람도 마음에 여유가 있거나 기도 시간이 넉넉해서 중보기도까지 해 주는 것일 테니 말이다.

　시기질투하는 감정은 성경에서 악이라고 한다. 시기질투하기 때문에 사람들 관계가 힘들어지니 말이다. 심하면 왕따를 시키지만, 그렇지 않더라도 시기질투하는 사람이 잘난 사람에게 나쁜 말과 행동을 일삼으니 말이다.

　결국 왕따시키는 것도 성격 문제이다. 시기질투하는 것도 성격 문제이고, 성격 자체가 문제가 있다는 것이다. 사람은 더불어 함께 살아가야 하는데, 따돌리고 배제시키고, 못 살게 굴고. 그러니 따돌림 당하는 사람은 얼마나 살고 싶겠는가.

외모지상주의 시대는 어쩌면 당연하다고 본다. 외모가 최고의 가치 중에 하나라는 것. 사람들은 눈이 다 달려 있고, 대부분 볼 수 있다. 보이는 것이 이쁘고 잘 생겼는데 어떻게 안 끌리겠는가. 더구나 남자는 시각의 동물이라고 하니. 남자가 이쁜 여자를 좋아하는 건 당연하다고 본다.

나도 이쁜 여자를 좋아한다. 이쁘거나 잘 생긴 사람을 보면 도파민이 나온다고 한다. 도파민은 일종의 행복 호르몬이다. 사람들은 잘 생긴 걸 보면 행복을 느끼기 때문에 외모가 잘난 사람을 좋아하는 것이다.

그렇지만 외모가 다는 아니다. 성격도 중요하다. 나는 이성과 썸탔던 (사귀기 전, 애매한 단계) 적이 2번 있다. 둘 다 키는 작은 편이었으나 피부가 하얀 편이었다. 친구한테 들어보니 피아노 잘 치게 생겼다고 하더라. 그리고 둘 다 굉장히 똑똑했고, 착하고 다정다감하고 유머감각도 있었다.

사람들의 외모도 보면서 성격도 봐라. 누구든 다들 그렇게 하겠지만, 이성의 외모가 끝내주면 성격은 포기하는 경우도 있다더라. 이렇게 외모가 잘난 사람을 만날까 싶어서. 그것은 당신이 행복해지는 길이 아니다. 나는 누구든지 행복했으면 좋겠다. 이 세상의 수많은 불행을 경험해 본 사람으로서.

요리하는 즐거움

내가 요즘 들어 또 다른 취미가 생겼다. 바로 유튜브로 요리 영상 보고 그 영상대로 요리를 따라 만들어보는 것이다. 요새는 같이 사는 사람들도 많지만 혼자 사는 사람들도 많다. 어쨌든 인간이 살아가는 데는 의식주가 꼭 필요하다고 하지 않는가.

의는 옷, 식은 먹을 것, 주는 집. 나에게, 집은 그냥 주어져 있는 부모님 집에서 살고 있고, 옛날에는 의에 관심이 많았고, 의에 돈을 썼었다. 현재는 식생활에 관심이 많다.

사실 이 요리하는 취미가 생기기 전에 그럴만한 전개가 상당히 있었다. 나는 요리하는 것을 가히 나로서는 범접할 수 없는 신의 영역이라고 느낄 정도로 나는 도저히 요리는 못하겠다고 마음 속으로 선언하고 있었다. 그렇지만 그러면서도 요리하는 영상을 무수히 봤다.

맛있겠다. 나는 일종의 요르가즘을 느끼고 있었다. 요리를 하는 걸 보면서 느끼는 희열이 갈수록 더 크게 다가왔다.

그리고 기도를 드렸다. 집안일을 잘하게 해달라고. 요리도 잘하고 청소도 잘하게 해달라고. 그랬더니 하나님이 내 기도를 정말이지 들어주신 것 같다. 내가 몇 번 시도해 보지 않은 요리 시도들이었지만, 그 때마다 번번이 엄마와 아빠가 연신 맛있다고 그랬다.

엄마는 그래도 처음이라 익숙하지도 않고 요리를 접해 보지 않은 딸에게 용기를 북돋아주느라 그런 말이었을 수도 있다. 하지만 아빠는 솔직하다. 아빠는 맛있다고 말하면서도 많이 먹는 걸로 잘한다고 해 줬다.

처음 시도해 봤던 요리는 감자볶음. 감자전을 시도했었는데, 무엇인가 잘못되어서 감자볶음이 되었다. 그래도 감자에서 물기를 뺐던 탓인지 과자처럼 맛있다고 그랬다. 아빠도 감자를 좋아해서 많이 드셨다.

그리고 그 다음은 김치전. 밀가루가 부족해서 뭔가 부족한 맛이었다. 그래도 엄마는 연신 맛있다고 먹었다. 나는 아까워서 먹었다. 다음에는 밀가루를 부족하게 넣지 않으리라!

다음은 백종원표 라면이었던가. 아무튼 백종원표 기본 라면하고 다른 라면하고 짬뽕해서 만든 요리 레시피로 엄마와 아빠가 맛있다고 극찬했다. 2번째에는 백종원표 기본 라면 레시피대로 했다.

나도 라면을 좋아해서 유튜브 라면 맛있게 끓이는 법 영상대로 만들어서 2번 다 맛있게 먹었다.

그리고 라면 2번씩 영상대로 끓이기 중간 단계일 무렵인가, 스팸을 구웠었다. 스팸은 요리가 다 되어있고 굽기만 하면 되는지라 맛있게 먹었다. 그런데 햄은 아빠와 엄마가 좋아하지 않아서 주로 내가 다 먹었던 것 같다.

가장 최근에 했던, 어제의 요리는 두구두구! 대망의 순두부찌개! 다시마가 굳어서 조금 부족하게 넣긴 했으나, 다른 요리의 재료와 소스는 충분해서 맛있었다. 나도 내가 해 본 음식 중에 가장 맛있게 먹었다.

엄마도 맛있다고 했고, 아빠도 맛있다며 많이 드셨다. 그러면서, "이제 취업만 하면 되겠다!"라고 하셨다. 엄마가 자기도 순두부찌개를 만들어야겠다며 오늘 나에게 슈퍼에 갔다 와서 순두부를 사오라고 심부름을 시키셨다.

점점 하다 보니 요리에도 자신감이 붙어간다. 이건 하나님과 유튜브 덕분이다! 물론 요리에 관심이 커져서 시도를 해 본 나에게도 점수를 준다.

오늘은 화이트 크리스마스라 아침에 기분이 좋은 나머지, 시 한 편을 싸질러 써냈다. 그리고 오늘 운동하고 영화 볼 생각에 들뜬 마음이었는데. 오빠가 40살이 가까워지는데, 결혼을 안 한다고 하니깐 아빠와 엄마가 싸웠다. 아빠는 혼자 나가버렸다.

엄마는 주말에 아빠 없이는 도무지 밖에 나가려 하지 않는다. 그래서 나는 날씨도 추운데, 혼자 나가기도 싫고, 그래서 그냥 집에서 노트북 앞에 앉아 크리스마스 캐롤을 들으며 수필 한 편을 쓰고 있다.

여러분도 무언가 주저하고 있다면, 주저하지 말고 해 보시라! 그 새로운 시도가 여러분의 삶을 더 풍요롭게 만들어 줄 것이다. 운전 초보가 있다면, 나도 요리 초보이지만 뭐 어떤가! 그러면서 점점 숙달되어 가는 것을. 크리스마스를 맞아 모두 행복하게 보냈으면 하는 소소한 나의 바람이 있다.

우리 집 마당의 멍구

.
.
.
.

우리 집 마당에 멍구(나의 무지막지한 사랑을 받고 있는 믹스견)가 비를 맞아 측은해 보인다.

"아이구, 멍구야! 괜찮니. 불쌍한 것. 춥지 않니?"

그런데 멍구가 나에게 이런 눈빛을 보내고 있는 것 같다.

"주인님이 더 불쌍해요."

세상에. 개한테조차 동정을 받는 신세라니….

"내 자존심이 멍구 널 가만두지 않겠어! 정의의 이름으로 널 귀찮게 할 거야. 내일 보자. 멍구, 이 개새끼."

멍구는 먹을 것을 아껴 먹는 버릇이 있다. 사료도 주면 먹다가 말다가 먹다가 말다가 하며 아껴 먹는다.

오늘 처음으로 요구르트를 조금만 밥그릇에 부어줬는데. 웬걸, 비가 오네? 비가 와서 요구르트는 온데간데없고 빗물만 밥그릇에 왕창이었다.

멍구가 잔머리 굴리다가 골머리 앓았네. 멍구는 멍청한 개의 줄임말인가.

"머리 쓰지 말고 살아, 멍구야. 그게 니 팔자다."

그냥 멍구에게 내가 알려주고 싶은 내 마음은 이렇다.

"멍구야, 주인이 주면 좀 먹어라. 아껴 먹지 않아도 내가 알아서 또 다른 맛있는 것 줄 텐데."

음악은 나의 뮤즈

　　　　　●

　　　　　·

　　　　　●

　　　　　·

뮤즈는 현대에서 시와 음악의 신이라고 한다. 사람들, 주로 연예 기획사(가수가 속한 엔터테인먼트) 대표나 작곡가가 '나의 뮤즈는 누구~' 라는 식으로 말한다. 그러기에 내가 생각하기에, 뮤즈는 나에게 영감을 주는 음악의 요정이라고 정의할 수 있겠다. 나에게 있어, 나의 뮤즈는 음악이다. 나의 글의 뮤즈(영감을 주는 요정)는 음악이다.

인터넷 어학사전에서 요정이란 단어의 정의를 찾아보았다. "주로 서양의 신화나 전설에 나오는 자연계의 정령(精靈, 갖가지 물건에 깃들어있다는 혼령). 사람의 모습으로 나타나며 불가사의한 마력(魔力)을 지녔다고 한다"라고 정의되어 있다. 그러니까 내 식으로 정리하자면, "자연에 깃들어있는 혼령으로서, 사람의 모습으로 나타나며 불가사의한 마력을 지넜다고 한다" 정도이다.

　나의 뮤즈는 영감을 주는 시와 음악의 요정으로서, 그 불가사의한 마력으로서 친히 내게 찾아와 영감을 불어넣어주는 존재이다.

　영감이라는 단어도 인터넷 어학사전에서 찾아보았다. "창조적인 일의 계기가 되는, 번뜩이는 착상이나 자극" 이라고 정의되어 있다. 즉 나에게 있어서는 창조적인 글쓰기를 할 수 있게 하는 기발한 생각이나 느끼는 감각들이라고 정의할 수 있겠다.

　나에게 영감을 주는 음악들은 주로 외국의 노래들이나 피아노 음악들이다. 외국의 노래들(주로 일본 J-pop이나 팝송)은 가사 뜻을 알 수 없기에 글쓰기에 집중할 수 있다. 그리고 피아노 음악들 같은 경우도 한국어 가사처럼 머리에 직접 꽂혀서 가사 생각만 하게 만드는 게 아니라, 청각을 만족시켜 주고 오히려 생각이 떠오르고, 새로운 생각을 할 수 있도록 만든다.

　유튜브에서 '청춘 애니' 를 검색해서 그 음악들(주로 일본 만화 배경음악)을 듣거나, '우타이테' 라고 써진 종류의 음악을 듣는다. J-pop도 듣고, 팝송도 듣는다. 팝송 중에 내가 좋아하는 대표곡들로는, 'Shape of you', '2002', 'Counting stars', 'Speechless' (알라딘 수록곡), 제이슨 므라즈의 'I'm yours' 등이 있다.

창조적인 활동을 하는 예술가들에게 무슨 생각이 떠오르지 않는다면, 음악을 들어보기를 추천하는 바이다. 나도 글(시나 수필)을 쓰면서 많은 도움을 받고 있다. 예술가란 인간 또는 삶과 관련된 것의 아름다움을 극대화시켜 보여줘야 하지 않는가.

그런 의미에서 나는 꽃들도 예술가라고 표현하고 싶다. 인간이 사는 세상의 아름다운 모습들을 보여주니간.

음악은 나의 뮤즈. 내게 불가사의한 마력을 불어넣어줘서 고맙다. 너가 마력을 불어넣어줘서 너의 마력이 줄어들지 않음을 알아. 아니, 오히려 너의 마력과 나의 마력은 증폭되고 있지. 내게 생긴 마력으로 이 글을 쓰고 있으니, 사랑의 힘일까. 뮤즈, 너가 나를 사랑하는 힘과 내가 너(뮤즈)를 사랑하고 글쓰기를 사랑하는 사랑의 힘.

사랑은 위대하다고 믿어. 모든 것을 포용하기에 더욱 넓어지고, 더욱 강해진다고 믿어. 제이어스가 부르는 '여호와께 돌아가자(Love never fails: 사랑은 절대 지지 않네)' 에서도 말하지.

사랑은 절대 지지 않네

사랑은 오래 참고

자신을 내어주네

서로 사랑할 때 세상은 주 보네

사랑은 절대 지지 않네

하나님께서 세상(인간)을 사랑하사, 그들(인간들)이 끝까지 주님 믿기를 포기하지 않으시지. 하나님의 사랑은 마침내 이기리라 믿어. 사랑이란 덕목 아래 크리스천들의 선하고, 용서하고, 질투하지 않고, 배려하는 모습들은 세상(인간들)을 감동시키리라 믿어.

하나님의 인간을 향한 사랑은 오래 참으셨지. 예수님 임재 이후로 2022년이나 지났는데도, 아직도 종말이 오지 않은 것을 보면 말야.

자신(하나님의 독생자, 예수 그리스도)을 내어주기(십자가에 매달려 우리 죄를 속죄하고 대신 돌아가심)까지 하셨잖아.

서로 사랑할 때, 사람들끼리 서로 사랑할 때, 세상은 주를 보게(주를 만나게) 될 거야. 주님의 뜻이 서로 사랑하는 것이니깐. 주의 뜻이 이뤄진 곳이 바로 주님을 만날 수 있는 천국 아니겠니.

하나님을 믿는 크리스천으로서, 하나님 외에 다른 신은 없다고 믿으면서 다른 존재(뮤즈)를 믿는 것도 그런데. 나는 뮤즈의 존재를 확신하는 게 아냐. 그리고 뮤즈도 하나님이 인간을 도우라고 보내신 일종의 천사 종류가 아닐까 생각해.

어쨌든, 나의 뮤즈인 음악이여. 고맙다. 너가 있어 내 글들이 많이 탄생할 수 있었음에 감사해.

이루마의 음악을 들으면서

ㆍ
ㆍ
ㆍ
ㆍ

이루마는 작곡가이자 피아니스트이다. 나는 원래 피아노 음악에는 관심이 없는 사람인데, 우연히 피아노 음악을 접할 수 있는 기회가 생겼었다. 부모님이 집을 하룻밤을 비우셔서 밤늦게까지 티브이를 볼 수 있는 기회가 있었었다. 그래서 티브이를 돌려보던 찰나 이루마의 피아노 연주에 마법처럼 이끌리어 우연히 듣게 되었었는데 그건 정말 잘했다고 생각한다.

이루마는 작곡가이다. 하지만 만들어진 새로운 곡을 가장 잘 아는 사람은 바로 그 곡을 만든 작곡가 자신이 아닌가? 그렇기 때문에 작곡가가 표현해 낸 작곡가 자신의 신곡은 그만큼 감명을 불러일으키기 쉬운 법이다. 그리고 이루마의 음악은 뭐랄까 자연을 그대로 재현해놨다고 해야 하나? 듣고 있으면 저절로 자연이 상상되고, 또 멜로디 자체가 굉장히 자연스럽고 인위적이지 않으며 아름답고 조화롭다.

나에게 있어서는 새벽에 막 일어나서 마시는 커피 한 잔 같다. 난 새벽에 커피를 한 잔 마실 때에는 하루를 시작한다는 상쾌함과 커피 한 잔의 여유, 그리고 달콤하고 맛있는 커피향이 어우러져 행복감을 느낀다. 그리고 그 아침의 커피 한 잔을 마신 후에는 무슨 일을 하든지 다 잘 풀어질 것만 같은 느낌에 들뜬다.

이루마의 달란트는 대단히 경이롭다. 어떻게 이렇게 아름다운 음악을 만들 수가 있는지? 아름다움에 사람은 약한 법. 나도 사람인지라 아름다운 이루마의 음악에 약해서 이루마의 곡들을 자주 듣는다. 듣던 도중 우연히 느낌을 적으면 좋겠다는 생각이 들어서 적어보았다.

'River flows in you', 'Kiss the rain', 'Spring time' 이라는 곡들을 들으면서 느낌을 적어보았다.

River flows in you

강물이 흐른다.
아름답고 차분하고 연약하게 흐른다.
햇볕에 부서지며 위에서 아래로 흐른다.

당신의 마음에도 강물이 흐른다.

당신의 마음에는 강물이 흐르는 평화가 있다.

투명하고 깨끗한 강물과 같이

당신의 마음은 맑고 순수하다.

강물이 흐른다.

햇볕에 부서지며 위에서 아래로 흐른다.

아름답고 차분하며 연약하게 흐른다.

Kiss the rain

비가 내리네요.

연약한 당신을 위로하듯

비가 사뿐하게 당신을 감싸네요.

깨질 듯한 유리같이

투명하고 아름답지만 연약한 당신은

지금 내리는 이 이슬비와 닮아있네요.

비가 이렇게 살짝 오는 날이면
당신을 생각해요
비를 맞으면서.

비가 내리다 보니 강물처럼 흘러가네요.
당신을 향한 빗물이 불어나는 것처럼
제 마음도 커져 가는 것만 같네요.

쓸쓸하지만 아름다운 이 이슬비 내리는 봄날
카페라떼나 마시며 이 마음을 달래야 하죠.

Spring time

햇살이 적당하게 따스이 비추고
꽃들은 피어났죠, 아름답게.
새들도 지저귀네요, 아름답게.

이 봄날 시간은 흐르고 흘러가네요.
하염없이 흐르는 시간 속에

아름다웠던 추억을 회상해요.

그대와 나,

우리 함께 했던 기억들,

함께 했던 시간들,

함께 했던 맹세들

되돌릴 순 없겠죠.

이 봄날 시간은 흐르고 또 흘러가네요.

이 봄날도

아침이 오면 밤이 오는 것처럼

끝이 나고

밤이 가면 아침이 오는 것처럼

다시 시작되기도 하겠죠.

조선대학교 미술대학 전시회 갔다 온 후기

　　　　　　　●
　　　　　　　·
　　　　　　　·
　　　　　　　●
　　　　　　　·

　　미술대학 학우분들이 일단 전시회를 위해 신경을 많이 쓰셨다는 것을 알겠다. 또 작품을 선발하기까지 얼마나 힘들었을까. 그 노고에 감사드린다.

　　사실 사람이 자기 일 아니면 크게 와 닿지 않는데, 나도 그 학우분들의 고생이 와 닿지 않았다, 처음에는. 하지만 작게 자가의 설명이 써져 있는 로고에 "전시회를 준비하면서 힘들었다"는 부분의 글귀를 보고 "아, 정말 힘들었겠구나. 왜 나는 미처 이런 걸 생각하지 못했을까"라는 생각이 들었다. 전시회를 위해 작품 구상을 하고, 제작을 하고, 작품을 기한까지 완성하고…. 힘들었겠다라는 생각이 들었다.

　　그리고 교회에서 후배가 조대 미대 다니는데, 정말 잠도 못 자고 힘들다는데 와 닿질 않았었다. 어쨌든 전시회는 사람들은 잠깐 보고 가기에 정작 그 예술가의 노고는 간과하는 것 같다는 생각이 든다.

시각디자인과는 디자인을 시각화한 것이기 때문에 상징이 많이 들어가는 것 같다. 그리고 그 상징을 표현하는 것은 작가의 자유이다. 하지만 그 상징의 의미를 읽어내는 것은 독자의 몫이다.

상징을 읽어내는 묘미를 발견한다면, 전시회 가는 맛에 길들여지겠으나 상징을 읽어내지 못하면 전시회 가는 게 머리 아플 수밖에 없다. 그래서 전시회는 마니아층이 많든지 아니면 그 반대인 것 같다.

그러나 상징의 의미를 읽어내지 못한다 하더라도, 전시회는 머리 식히는 힐링에 좋은 것 같다. 잠시 직장이나 학업, 자기계발 등등의 골치 아픈 세계에서 벗어나 다른 세계에 발을 들여 보는 것도 나쁘지 않을 것 같다. 요즘 현대인들이 참 바쁘게 산다.

하지만 잠시나마 짬을 내서 전시회를 둘러본다면 내가 힘들게 살아가는 인생도 전시회를 통해 조금 쉼으로써, 조금은 더 사랑하게 되고, 덜 힘들게 살아갈 수 있지 않나 싶다.

또 다른 작가님의 로고에는 'Love of my life' 인가 'Love of your life' 인가가 적혀 있었다. 결국 전시회도 인간이 만들어 낸 것이고, 인간의 삶과 전시회 작품 사이에도 뭔가 어떤 관련이 없을 수가 없다고 생각이 들었다.

　조선대학교 미술대학 전시회의 주제는 'mood' (분위기, 기분, 멋)였다. 개인적인 생각이지만, 주로 분위기를 표현한 것 같았다. 그리고 mood라는 게 통상 분위기를 표현으로 더 자주 쓰이기도 한다.

　그 mood라는 주제를 한 전시회에서 가장 와 닿았던 시각디자인 작품은 '별, 하나의 추억', '별, 하나의 사랑', '별, 하나의 동경', '별, 하나의 쓸쓸함' 이었다. 정말 쓰인 색채라든지 별이 떠있거나 떨어지는 별이 있는 상태라든지 별과 별이 떠 있는 밤하늘이 주변 풍경에 쓰인 색감이라든지 정말 그림과 문구가 어울렸다.

　그림도 그림 나름대로 아름다웠다. 하지만 정말 아름답지 않은가. 문구 또한, '별, 하나의 추억', '별, 하나의 사랑', '별, 하나의 동경', '별, 하나의 쓸쓸함' 이라는…. 사진을 찍고 싶었지만, 전시회 작품을 찍는 건 전시회에 올 방문객을 막는 실례라는 생각이 들어 찍지 않았다. 그리고 예쁜 사진을 찍으면 sns에 올리고 싶은 게 사람의 본능이니깐.

　어찌 됐든 조선대학교 미술대학 전시회를 통해 한결 기운이 샘솟는 것을 느낀다. 엔도르핀(행복 호르몬)이 돌아서 그런가. 아무튼 다들 한 번쯤 가서도 좋을 것 같다.

조선대학교 중앙도서관에서

·
·
·
·

조선대학교 중앙도서관 3층으로 DVD를 무료 관람하러 갔다.

그런데, 엘리베이터 앞에서 사파이어빛의 영롱한 푸른색을 띤 커다란 눈을 가지고 있고, 파란색과 남색이 섞인 듯한 정장을 입은 남자 외국인을 만났다.

이목구비도 뚜렷하고 피부도 하얗고 키도 크고 잘 생겼는데, 한 가지 깨는 것은, 머리가 빛나리였다는 것. 어두운 곳에 있는데도 머리가 훤히 밝게 빛났다. 연예인들 쓰는 반사판 댄 줄…, 크크크….

또 믿을지 안 믿을지 모르겠지만 나는 상대방의 감정에 동조하는 능력이 뛰어나다. 그 상대방의 감정을 그대로 느껴 버린다는 것.

그 남자 외국인 보자마자 말 걸고 싶다, 말 걸고 싶다, 이런 생각이 들고….

물론 내가 외국인을 좋아해서 말 걸고 싶기도 하지만은…, 영어로 대화하는 것은 재밌으니까 말이다. 아는 사람을 알겠지만, 자기가 할 줄 아는 외국어로 대화하는 것은 재밌다.

그리고 외국인 친구라 생긴 것도 다르고, 문화도 다르고, 그 쪽의 세계를 알아가면서 재밌고….

그리고 나는 남들과 다르게 신통한 능력이 있다. 텔레파시로 의사소통이 가능하다는 것. 믿을지 안 믿을지는 모르겠지만. 그 남자 외국인이 자꾸 자기가 있는 곳에 와 보라고 텔레파시를 보내는 것만 같았다.

그래서 짐을 일제히 챙기고 외국인이 있는 곳으로 가보았다. 그냥 말 걸고 싶기도 해서, 그 외국인 보고 "What are you doing?" (당신 뭐하는 중입니까?)이라고 물어봤다. 학생들이 일제히 다 나를 쳐다보고….

오 마이 갓. 수업시간이었구나…. 나 민망해서 죽는 줄…. 쪽팔려서 눈에 띄지 않으려고, 또 미안하다는 표시로, 짐 들고 가던 어깨랑 허리 수 그리고서 성큼성큼 걸어서 내 자리로 되돌아왔다.

제 4 부

햇살이 책에 내려앉을 때

주님이 살아계심을 믿는다

주님이 살아계심을 믿는다. 나는 주님께서 내 삶에 강하게 임재하심을 경험했다. 나는 기독교 신자여서 그 분께 수많은 기도를 하면서도 주님의 존재를 확신하지 못했다. 나는 주님의 많은 은총들을 입었다.

지금은 기억나지 않지만, 내 숱하게 많은 기도제목들이 많이 응답되었다. 다는 아니지만 말이다. 그런 나조차도 주님을 직접 목격하지 못했다는 이유로 그 분의 존재를 확신하지 못했는데, 다른 분들은 어떻겠는가. 삶이 너무 힘들어 주님께 의지하고 기도하면서 많은 기도제목들이 이루어짐에도 불구하고 주님의 존재를 의심했던 옛날의 나처럼 많은 분들이 하나님의 존재를 의심하리라 생각한다.

그래서 여러분에게 내 삶에 하나님이 행하신 몇 가지 이적들을 소개하려 한다.

1. 자동차들이 난무하고 쌩쌩 달리는 도로에 뛰어들었는데, 작은 생채기 하나 나지 않았다

나는 사는 게 너무 힘들고 고통스러워서 자살을 생각했던 적이 여러 번 있었다. 하지만 용기가 나지 않아 그것을 실행으로 옮기기는 힘들었다. 그런데 도저히 견딜 수가 없어서 죽을 각오로 쌩쌩 달리고 있는 도로의 빡빡한 차들 틈에 뛰어들었다.

그러나 생채기 하나 나지 않았다. 그래서 순간, 차들이 달리지 않거나 차들이 멈춰서 교통마비가 온 것이 아닌가 생각했다.

그래서 내가 지나쳐온 곳을 뒤돌아보니 차들은 여전히 쌩쌩 달리고 있었다. 하나님의 뜻은, 내가 이 세상에서 온전히 내 수명을 다하고 살기를 원하시는 것이다.

2. 돈을 아껴 쓰게 해 달라고 기도했다. 비록 푼돈이지만, 돈을 아낄 수 있었다

이것은 최근의 일이다. 그동안 하던 기도제목들 중 돈을 아껴 쓰게 해 달라는 기도도 있었다.

나는 제대로 된 취업을 하지 못해 부모님에게 용돈을 받아서 쓴다. 하고 싶고, 사고 싶고 등 등 쓸 곳은 많은데 용돈이 적어서 어쩔 수 없이 기도했다. 그리고 나서 화요일 새벽기도가 끝난 뒤 광주 동구 푸른 길 공원을 가로질러 오는 길이었다.

어두컴컴한데 두유가 뚜껑비닐도 안 벗겨진 채로 굴러다니는 거였다. 어두컴컴하긴 했지만, 어느 정도 분별이 가능했다. 두유에 써진 글자들이 보일 정도였으니까.

그러니까 누가 대놓고 두유를 버리고 가지 않은 이상 일어날 수 없는 일이었다.

나는 사주를 볼 때 몸이 아파지면 두유를 먹고 운동하라고 했다. 그러면 건강이 회복된다고. 근래 몸이 아파졌다. 왜 그런지는 모르겠지만. 어찌 됐든 하나님이 두유 먹고 운동하라는 뜻으로 그러신 거라고 생각하고 그것을 감사하게 생각하며 마셨다.

그리고 어머니 심부름으로 장 볼 가방 주머니에 만 원을 넣어놨었다. 내가 혹시나 잃어버리진 않을까 하여 계속 확인해도 만 원이었다. 그런데 슈퍼를 갔다오면서 계산하는데, 장 보는 가방 주머니에 이천 원이 더 있었다.

또 고속도로 휴게소에 가다 보면 천원짜리 손금 봐주는 기계가 있다. 기계에 천 원을 넣고 손금을 보는데 갑자기 프린터 에러가 뜨더니 천원도 나오고, 손금이 프린트된 종이도 같이 나왔다.

3. 사랑하는 이성의 피부가 좋아지도록 기도했더니 들어주셨다

나는 사랑하는 이성이 있다. 보기만 해도 좋은 사람이다. 그런데 그 사람은 나이에 비해 피부에 주름살이 너무 많아서 늙어 보였다. 나는 그 사람의 주름살까지 사랑했지만, 그 사람은 늙어보인다고 콤플렉스가 있는 것 같았다.

그래서 끊임없이 계속 기도했다. 그랬더니 어느 순간부터 그 사람의 피부는 주름살이 하나도 없고, 보란 듯이 매끄러워져 있었다.

내가 다니는 교회의 어느 한 목사님 설교를 들었던 적이 있다. "믿음은 느낌 위에 서는 것이 아니고, 진리 위에 서는 것이다"라고 하셨는데, 나는 하나님을 믿으면서도 성경보다 느낌을 따랐다. 성경이 진실이라고 믿어서, 성경에 쓰여진 대로 하나님이 살아계시다고 믿는 것이 아니라 내가 하나님이 계시다고 느끼는 느낌이 중요하다고 생각했다.

그래서 나의 그 수많은 기도제목들이 이루어졌음에도 불구하고 하나님이 살아계심을 온전히 믿지 못했던, 이런 연약한 믿음을 하나님께서 아시고, 믿음을 강하게 하시기 위해 내 삶에 많은 이적들을 행하셨다고 생각한다.

지금은 하지 않는 기도지만, 하나님을 믿는 믿음이 더 강해지게 해달라고 기도했었다. 그것을 하나님께서 지금에야 들어주신 것이다.

내 삶은 고통스럽고 힘들고 서러웠다. 하지만 나는 그것을 극복했다. 나를 이렇게 연단하셔서 연약한 나를 강하게 하여 주시고 붙들어 주심에 감사드린다. 나는 이렇게 주님을 친히 경험하게 하여 주시고, 나를 도와주시는 주님께 너무 감사드린다.

하나님, 모든 것 감사드립니다. 그리고 하나님, 당신이 저를 너무나도 사랑하신다는 것을 알아서 행복합니다. 마찬가지로 저도 주님 사랑합니다. 하나님 아버지, 주께서 살아계시고 온 천지와 만물, 온 세계 위에 역사하심을 믿습니다. 어느 하나 주님의 손길이 닿지 않는 곳이 없습니다.

주님을 믿게 됨이 감사합니다. 비록 제 삶은 힘들고 고통스러웠지만, 그렇게까지 해서라도 주님을 믿게 하고 싶으셨을 주님의 심정을 헤아리지 못해 죄송합니다. 제가 마음이 아팠기에 저를 사랑하는 주님이 더 아프셨을 것으로 생각합니다. 왜, 사람들은 사랑하는 사람이 마음이 아프면 더 괴로워하니까요.

사랑하는 주님의 뜻이 이뤄지길 기도합니다. 하나님이 우리를 사랑하시는 것처럼 사람들 서로 서로 사랑하고, 또 서로를 위해서 중보기도하며 온 땅이 복음화 될 수 있도록 하나님께서 임하여 주옵소서. 모든 것을 감사드리며 주님께 감사와 찬양, 영광, 존귀 올려드립니다.

예수님 이름으로 기도합니다. 아멘.

중국 관광과 칭따오 맥주

•
•
•
•

중국 일대를 3박 4일로 관광하고 왔다. 중국 음식이 입에 안 맞아서 음식을 잘 먹지 못해 배는 고팠지만, 노산과 태산 같은 기가 센 산을 갔다 오고 나니 기를 충전 받아서 그런지 별로 힘들지는 않았다.

하지만 중국 관광이 끝나고 한국으로 돌아오던 도중에 기운이 없었다. 중국을 관광할 당시에는 너무 좋고 흥분한 나머지 기운이 없는 것조차 모르고 즐겁게 들떠 있었던 것 같다.

하지만 중국을 관광하는 동안 음식을 너무 못 먹고, 혈뇨가 나온 탓에 갑자기 피곤이 몰려오면서 힘이 없었다.

간호대에서 방광염을 배웠나 안 배웠나 기억이 나지 않는데, 내가 오줌을 오래 참다가 혈뇨가 나오는 걸 엄마가 알게 되자 내가 방광염에 걸렸다고 알려주었다. 중국이 땅덩어리가 넓고 관광할 곳은 많아서 차에서 오랫동안 오줌을 참았더니 방광염에 걸려 버렸다.

그리고 거기다가 중국 청도(중국 말로는 중국 청도를 '칭따오'라 한다) 술을 많이 마셔 버려서 중국에서 방광염 약을 사먹고도 오줌에 계속 피가 섞여 나왔다.

나는 술이라고는 잘 마시질 못한다. 나는 일체 술 냄새와 쓴 술맛이 도무지 입에 맞질 않고 맛없어서 아무리 많이 마시려고 해도 도저히 못 먹는다.

하지만 중국 청도산 맥주, 칭따오는 중국 특유의 물맛이 배어 있었다. 물맛이 맑고 탁한 기운을 없애는 것만 같은 맑은 물맛이 났다. 고대 중국에 도교라고 해서 도사들이 많았다는데, 그 당시의 도사들이 마시는 술 같은 느낌이었다.

중국에서 마신, 중국 청도산 칭따오 맥주는 중국 특유의 맑은 술 향이 나면서 어찌나 맛있던지….

중앙도서관

．
．
．
．

大학교마다 도서관이 있는데, 그 곳을 중앙도서관이라고 부른다. 내가 다니는 조선대학교에도 중앙도서관이 있지만, 내가 말하고자 하는 중앙도서관은 동명교회 부근에 위치하는 이름 자체가 중앙도서관인 곳이다.

동명교회 부근 중앙도서관은 지하에 휴게실 및 식당이 있다. 그리고 1층에는 간행물실과 아동실이 있고, 2층에는 책을 빌려볼 수 있는 자료열람실, 독서실처럼 칸막이 쳐진 공부하는 열람실, 인터넷 서핑을 할 수 있는 컴퓨터실이 있다.

3층과 4층에는 칸막이가 없이 공부하는 열람실이 있다. 그 중에 나는 1층의 간행물실을 애용한다. 그 간행물실은 중앙도서관의 어떤 곳보다도 자유로운 분위기가 흐른다.

사람들은 비치된 신문이나 잡지 등 간행물을 살펴보다가 읽는, 원래 간행물실이 만들어진 목적대로 이용하는 사람들도 있다. 하지만 공부를 하거나 책을 읽거나 노트북을 사용하는 사람들도 심심치 않게 보인다.

나는 그런 자유로운 분위기가 좋다. 나는 탁 트인 것을 좋아한다. 공부 용도로 만들어진 일반 열람실은 딱딱하고 답답한 분위기이다. 시계바늘 소리밖에 안 들릴 정도로 쥐 죽은 듯이 조용하다.

그리고 칸막이까지 쳐져 있는 열람실도 있다. 아 그 답답함이란…, 우울하게 만들고 자유를 갈망하게 만든다.

나는 공부할 때 앞, 뒤, 좌우로 시선이 쏠리지 않는다. 오직 공부할 것에만 집중하며 시선이 흔들리지 않는다. 하지만 칸막이가 쳐지거나 너무 조용한 곳은, 일정하게 틀이 짜진 작은 상자 속에 햄스터가 갇혀 있는 것마냥 나를 옭아매곤 했다.

그래서 나는 1층 간행물실이 좋다. 무엇이든 눈치 보지 않고 할 수 있는, 자유로운 곳.

고 3때 허리와 발목 골절로 심하게 다쳤을 때 나는 병원에 6개월간 입원해 있었다. 그 당시 나는 제대로 움직이지도 못하고 휠체어에 의지한 채 움직여야 했으며 어디 나가지도 못하고 꼼짝없이 감옥 같은 병원 생활을 견뎌야만 했다.

그래서 살맛이 안 나서 식욕도 잃어버려서 고등학교 때 가장 살쪘을 때보다 20kg 정도 빠졌었다. 내가 얼마나 답답한 걸 못 견디는지 알겠는가!

그리고 나는 중학교를 전학 갔었는데, 전학가기 이전에 원래 다니던 학교는 대학교와 가까워 번화가를 바로 옆에 끼고 있던, 숨통이 트이는 자유로운 곳이었다.

하지만 전학 간 학교는 산의 언덕 부근 오르막길을 건너야만 등교가 가능하게 외진 곳이었고 학생들의 학구열이 너무나도 치열해서 답답한 곳이었다.

나는 전학간 곳에서 성적이 약 60등 정도 떨어졌었고, 그것은 급 자신감 하락으로 이어져 열등감이 샘솟았으며 결국에는 부적응으로까지 발전해 버렸었다.

그렇게 나는 속박 받는 것을 싫어하는 스타일이기 때문에 중앙도서관 1층 간행물실이 너무나도 좋다.

그래서 대학교 졸업을 앞두고 다시 대학 입학을 앞둔, 아무것도 공부할 게 없는 자유로운 상황 속에서 독서는 다시금 내 취미생활로 자리매김했고, 독서하면서 기억해 두고 싶은 것과 느낌을 기록하는 독서 감상

문을 나의 노트북으로 쓰게 된 것이다.

　이 또한 지나갈 것이다. 인생사 새옹지마다. 좋은 일이 왔을 때는 그것을 즐기고, 좋지 않은 일이 생겼을 땐 경험으로 쌓아서 예방해야 한다.
　나는 지금 이 시간들이 좋다. 자유롭게 내 취미생활도 하고 독서의 특성상 공부도 되면서 시간을 빨리 흘려보낼 수 있어서 좋다.
　그리고 독서를 하지 않으면 좋아하는 사람들이나 친한 사람들을 만난다. 나는 이 시간들을 즐겼고, 지금도 즐기고, 얼마 남지 않은 시간도 즐길 것이다.

　즐거운 시간들…, 훗날 내 행복했던 추억의 한 페이지가 될 것이다.

커피

·
·
·
·

내가 요즘 빠진 커피가 있다. 편의점에서 파는, 스타벅스에서 출시한 돌체 에스프레소.

나는 예전에는 스타벅스에서 나온 더블샷 캔커피를 즐길 때가 있었다. 더블샷 캔커피는 에스프레소 & 크림이라서 이것도 그런대로 맛있었다. 나는 커피를 좋아하긴 하지만 커피 자체의 시고 쏩쓸한 맛은 별로 좋아하지 않는다. 나는 커피만이 낼 수 있는 향과 맛에 우유의 부드러움과 시럽의 달콤한 맛이 섞인 맛을 좋아한다.

그리고 더블샷 에스프레소 & 크림 캔커피는 나에게 일찍 일어나서 마시는 커피였다. 요즘은 그 때보단 늦게 일어나기도 하고, 시간이 너무 많은 나머지 커피만 빨리 마시지 않으려고, 그리고 도서관에서 커피를 마시면서 책을 읽으려고 하기 때문에 새벽에 일어나자 마시던 더블샷 캔 커피와는 멀어지게 되었다.

내가 빠진 돌체 에스프레소는 커피향도 진하고 커피의 씁쓸함의 맛도 나면서 달고 부드럽다.

카페라떼는 우유맛이 강해 커피의 시고 쓴 맛을 잃게 하지만, 이 돌체 에스프레소는 커피와 우유, 설탕의 조화가 매우 오묘하다.

나는 커피를 마실 때, 행복해지는 마법의 묘약을 먹는 것 같다.

나에게 좋아하는 커피를 마신다는 건…, 좋아하는 음악이 흘러나오면서 나의 이상형을 만나서 첫 데이트를 하는 것만 같은 황홀한 순간. 또는 내가 가장 좋아하는 일을 하고 있는 것만 같은 즐겁고 행복한 기분이 들게 만든다.

내가 좋아하는 음악들은 ccm과 이름 모를 팝송, 대중가요, 이름 모를 피아노 음악들이 대표적이다.

ccm 중에는, '은혜', '원하고 바라고 기도합니다', '어둠을 찢으신 빛', '아버지의 사랑으로', '온 땅의 주인', '여호와께 돌아가자', '나는 예배자입니다' 이것들을 특히 좋아한다.

팝송 중에는, 에드 시런의 'Shape of you', 원 리퍼블릭의 'Counting stars', 제이슨 므라즈의 'I'm yours와 Lucky', 에담의 '12:45', 케이트 보겔의 'Reasons to stay' (살고 싶지 않았는데, 살아야 할 이유가 있더라), 앤 마리의 '2002'. 이것들을 특히 좋아한다.

대중가요 중에는, 아이유의 'Merry Christmas ahead' (미리 메리크리스마스), '블루밍', 'Celebrity'. 태연 노래 중에는 '11:11', 'INVU', 'Fine'이 좋다. 윤미래의 'Always', 윤하의 '별에서 온 그대', 주시크의 '너를 생각해', 10cm의 '폰서트', '봄이 좋냐', 백아연의 '사랑인 듯 아닌 듯', 볼빨간 사춘기의 'Lonely', '나의 사춘기에게', '여행', '우주를 줄게'.

피아노 음악들 중에는, 이루마의 'Kiss the rain' (비를 맞다), 히사이시 조의 'Summer'. 이 외에도 피아노 음악들 중 좋은 음악들은 그 맑고 아름다운 울림이 정말 말할 수가 없다.

그리고 이건 피아노 음악인지 아니면 오케스트라 음악인지 모르겠는데, '두 번째 달의 얼음 연못', '두 번째 달의 서쪽 하늘에'를 좋아한다.

그리고, 내가 가장 좋아하는 일들은 이것이다.
토요일과 주일에 내가 사랑하는 부모님과 자가용을 타고 드라이브하면서 즐거운 수다를 떠는 것. 그리고 맛있는 점심을 먹고 놀러간 곳에서 걷기나 산책 같은 가벼운 운동을 하면서 아름다운 풍경을 보는 것. 또는 팝콘과 아이스 콜라를 마시며 재밌는 영화를 보는 것.

그리고 새벽기도에 나가서 열심히 기도하거나 주일날 성가대로 하나님이 우리를 지으신 목적인 찬양, 이것을 통해 영광 올려드리는 일. 아니면 주일날 성경을 읽고, 설교를 들으면서 그 의미를 음미하며 은혜 받는 일. 또, 금요기도회 때 예배시간보다 한 시간 일찍 도착해서 기도하고, 예배가 시작하면 찬양을 맘껏 신나게 부르는 것. 그래서 하나님과 교제하며 그 분에 대한 사랑과 감사를 고백하는 것.

또, 아침에 일어나서 곱게 단장하고 걸으면서 도서관으로 향하는 것. 커피 한 잔을 사들고서 도서관으로 가서 커피를 마시며 책을 읽는 것. 그러고 나서 맛있고 값싼 아점(아침 겸 점심)을 사서 먹는 것.

그리고 오후에 집 앞 동네 카페를 가든지 가볍게 주변을 둘러보며 운동하는 것. 그러고 나서 집으로 돌아와 샤워를 하며 내일을 위한 준비를 한다든지, 음악을 들으며 노래를 부른다든지, 아니면 음악을 들으며 글을 쓴다든지 하는 것.

그리고 시나 수필 같은 짧은 글들을 쓰는 것. 주변을 돌아다니며 사진을 찍는 것. 시내를 쇼핑하면서 맘에 드는 예쁜 옷을 사는 것. 유튜브로 음악을 들으며 거리를 활보하는 것. 또는 유튜브로 음악을 들으면서 흘러나오는 노래를 음악에 맞춰 부르는 것. 그리고 나의 행복을 바라는 속내를 털어놓을 수 있는 베스트 프렌드와 즐거운 시간을 함께 보내는 것.

이런 내가 좋아하는 일들처럼 그 자체가 내게 행복을 주는 것, 맛있는 맛뿐만 아니라 마시는 시간마저도 행복하고 황홀하며 온전히 정신이 맑게 깨어 있게 해 주는 커피.

요즘의 커피 취향은 또 바뀌었다. 나는 아침에는 주로 시럽 세 번 넣은 아이스 카페라떼를 마신다. 아침 일찍 밥을 먹지 않기 때문이기도 하고, 우유의 부드러운 맛과 시럽의 달콤한 맛이 가미된 커피향을 즐기고 싶기 때문이다.

또 시원하고 맛있는 음료가 주는 청량함, 그러니까 맑고 시원하고 상쾌함을 잊지 못해 겨울에도 너무 춥지 않은 이상 차갑게 마신다.

그리고 아점을 먹은 뒤에 12시나 1시 무렵에는 시럽 세 번 넣은 아이스 아메리카노를 마신다. 밥을 먹은 뒤 입가심을 하는 겸 가볍게 커피를 즐기고 싶기 때문에 아메리카노를 마신다.

커피의 시고 쏩쓸함이 온몸으로 느껴진다. 하지만 시럽이 3번 들어갔기 때문에 강하게 느껴지지는 않는다.

　주교 출신의 프랑스 외교관 탈레랑은 커피가 주는 행복감을 아름답고 강렬하며 인상적으로 표현했다.
　"커피의 본능은 유혹이다. 진한 향기는 와인보다 달콤하고, 부드러운 맛은 키스보다 황홀하다. 악마처럼 검고 지옥처럼 뜨거우며, 천사와 같이 순수하고 사랑처럼 달콤하다."

푸른 길 예찬

•
·
·
•
·

광주 동구 산수동에 거처하는 우리 집에서 조금 더 큰 길가로 나와서 산수시장 쪽과 산수도서관 부근으로 걷다 보면 그 주변에 푸른 길이 있다. 내가 생각컨대, 아마도 푸른 길이란 이름은 삭막한 도시 부근에 푸른 나무와 꽃을 심어놓은 곳이기도 할 뿐더러 우리에게 이 광주라는 도시 안에 가득한 자동차 매연에서 벗어나 푸르름을 만끽하며 심신을 달래라고 그렇게 지은 것 같다.

한 때의 쓰임새는 철도였다고 한다. 하지만 철도에서 사람들도 많이 죽었다고 들었고, 그래서인지 이 곳 철도가 홀연히 사라지게 되었다.

푸른 길을 산책하다 보면 여러 목적을 가지고 푸른 길을 걷는 사람들이 있다. 자전거 타는 사람들, 애완견을 데리고 같이 산책 나온 사람들,

건강을 유지하려고 걷는 사람들, 다이어트를 하려고 가볍게 뛰거나 걷는 사람들, 자신의 목표지의 중간지점이어서 지나치는 사람들 등 저마다의 각양각색인 목적을 지닌 채로 푸른 길을 걷는다.

　이름판을 붙여놓지 않으면 미처 이름을 몰랐을 야생 들꽃들과 향기 나는 장미나무나 벚꽃나무, 목련나무 등 꽃나무들이 우거지고 일명 늘 푸른 나무인 상록수들, 그리고 풀들이 옹기종기 모여 있는 곳이다.
　봄에는 5월의 여왕인 장미와 갖가지 야생화들, 그리고 목련꽃나무, 벚꽃나무들 등 꽃나무에서 꽃향기가 피어나기도 하고, 꽃들은 자기가 꽃 피울 수 있음을 감사하는 표시로 꽃잎눈물을 흘려준다. 이렇게 푸른 길의 봄은 갖가지 꽃과 나무들로 알록달록하며 새들이 아름다운 소리로 지저귄다. 더불어 사람들의 즐거운 수다와 웃음소리가 가득하다. 푸른 길의 여름은 강렬한 햇빛과 함께 그에 따라 쨍쨍 솟아난 녹음이 우거진다. 사람들은 땀을 흘리면서도 각양각색의 목적들로 푸른 길을 찾는다.
　가을에는 단풍과 은행이 곱게 물든 얼굴빛으로 반긴다. 쓸쓸하게 나뭇잎은 떨어지면서 우수에 젖은 눈빛으로 가을을 읊조린다.
　겨울에는 시한부 인생인 암말기 환자처럼, 마른 나뭇가지들을 바람에 들썩이고 있는 앙상한 나무들이 보인다. 꽃들은 활짝 피어날 날을 고대하며 겨울잠에 빠져든다. 눈이 쌓이면 바닥은 미끄러워진다. 일부로 푸른 길을 찾는 사람들도 드물어진다.

나도 토요일이나 일요일 날, 비가 많이 오거나 눈이 많이 와서, 또는 무등산 산장으로 등산을 갈 시간이 충분하지 않을 때는 무리해서 등산을 가지 않고 푸른 길을 걷는다.

그리고 나는 주말이 아닌 시간이 많은 평일에도 다이어트와 건강을 위해 걸었었다. 지금은 너무 바빠서 푸른 길은 뒷전이지만.

푸른 길은 동구에서는 유일한 산책로이다. 그만큼 의미가 있다. 나에게 있어서 더 큰 의미는, 내가 광주의 다른 어떤 다른 구에 속해 있는 산책로보다도 푸른 길을 더 사랑한다는 점이다. 이건 비단 나뿐만 아니라 푸른 길을 많이 걷는 사람들은 그렇게 생각하고 느끼며 살고 있을 것이다. 사람들은 친숙하고 이익이 되는 것을 좋아하지 않는가. 광주 동구의 푸른 길은 동구 주민들이 가장 많이 걷기에 친숙하고, 각기의 다른 목적에 부합되는 푸른 길을 걷는 이유로 푸른 길을 사용하고 있다.

예를 들어 나에게 가족이 그렇다. 다른 사람들은 어떨지 모르겠지만, 보통의 평범한 사람에게 가족처럼 정겹고 친하며, 아무것도 따지지 않고 무조건적으로 잘 해 주는, 그저 나에게 도움을 주려고 하는 존재의 소중함은 이루 말할 수 없다. 한 때는 나에게 가족과도 같은 존재였던 푸른 길. 지금도 찾게 되면 푸른 길과 함께 보냈던 사계절과 시간들을 추억하며 그 시간들을 머릿속에서 테이프를 듣듯이 회상시켜 본다.

다음은 그 추억의 시간들 속에서도 유난히 인상 깊었던 기억이다. 조선대학교 학생이 된 이후로 여름이었던 것 같다. 내가 사는 산수동에 사는, 내가 다니는 우리 조선대학교의 젊은 외국인 여자 교수가 있었다.

그 교수님은 나를 보면 "안녕하세요"라고 한국말로 인사를 하는 등 간단한 인사를 곧잘 했고, 나는 이 젊은 금발의 여 교수를 동네 주민이라기보다는 젊고 능력 있는 사람이라고 평가했다.

그런데 아빠와 푸른 길을 걷던 중 이 교수님이 유모차를 끌고서 남편으로 보이는 사람과 함께 푸른 길을 걷고 있는 것을 발견했다. 나는 영어로 인사를 했고 유모차에 타고 있는 아기의 이름을 물어봤다.

아기는 사파이어 같은 영롱한 푸른빛의 아름다운 눈을 가지고 있었다. 볼살이 오동통한 귀여운 사내아이. 하마터면 너무 예뻐서 여자아이인 줄 알았다. 하지만 그 여 교수가 대답하길 "His name is Kie"라고 하였다. 그 아이의 이름은 하늘, Sky처럼 아름답고 찬란한 눈동자를 가진 남자아이라서 카이라고 지은 것 같았다.

푸른 길은 우리 광주 동구 주민과 현재 함께 살아서 숨 쉬고 있다. 그리고 우리 광주 동구 주민들과 푸른 길의 과거와 현재와 미래가 공존하는 터널이자 우리 광주 동구 주민들의 아지트이다.

나는 이 푸른 길을 생각하면 러브홀릭이 부른 '차라의 숲'이 떠오른다. 다음은 '차라의 숲' 가사이다.

지구 어딘가의 모퉁이

나의 별이 있는 곳

푸른 새벽의 노래처럼

고요한 소원의 길

지친 마음 가득 베인 상처와

시린 눈물 달래줄 그 곳

손을 내밀어준 바람을 따라

달의 날개를 펴 꿈속을 날아가

Can't you feel…

Can't you feel my heart…

나의 숲이여 기적을 시작해

세상 너머 그곳에선

우릴 기다릴 영원함이 있으니

내 시작과 내 끝을 함께해

시간의 벽 너머 어딘가

너와 내가 만날 곳

시들지 않는 무지개와

끝없는 사랑의 길

지워지지 않을 너의 향기와

남겨둔 약속의 시간들

손을 내밀어준 기억을 따라

달의 날개를 펴 꿈속을 날아가

Can' t you feel…

can' t you feel my heart…

나의 숲이여 기적을 시작해

세상 너머 그곳에선

우릴 기다릴 영원함이 있으니

내 시작과 내 끝을 함께해

여기 '차라의 숲' 에서도 강조하고 있다.

"Can' t you feel. Can' t you feel my heart.(너 느낄 수 없니. 너 나의 마음을 느낄 수 없니.) 나의 숲이여 기적을 시작해 세상 너머 그 곳에선 우릴 기다릴 영원함이 있으니 내 시작과 내 끝을 함께해" 라고.

나도 푸른 길과 함께 영원한 추억을 함께하며 시간을 나누고 싶다.

하나님께 보내는 편지

하나님, 나의 마음은 당신을 향합니다. 내 평생 고백할 사랑이 있다면, 당신이 내게 주신 은혜에 보답하는 사랑입니다. 이 세상에 태어나 많은 고난도 겪었지만, 그것마저도 당신을 믿기까지에 이르는 축복이었습니다.

무엇이 이렇게 감사하냐면, 살아있음이 감사합니다. 살아있음으로써 겪는 행복들을 겪을 수 있어서 감사합니다.

사랑하는 부모님과 선생님과 친구들을 만나 그들과 함께 오랜 시간 함께 할 수 있음에 감사합니다.

내게 당신이 계시지 않았다면, 나는 내 모든 일생을 절망 속에 살았을 것입니다. 조금도 나아지지 않는 현실을 바라보며, 어쩌면 지금쯤은 이 세상의 생을 마감했을 수도 있다고 생각합니다.

당신은 빛 그 자체이셔서, 내 삶에 한 줄기 빛으로 임하셔서 나의 삶을 밝혀주셨습니다.

세상의 편견과 선입견, 물질만능주의, 외모지상주의 등에 찌들어 속세의 때가 묻었지만은, 그래도 감사한 것은 주님께서 사람을 외모로 취하지 않으시듯이, 제게도 그런 비슷한 견해를 주신 것입니다. 물질만능주의라 돈이 많으면 모든 것이 해결된다지만, 오히려 적게 가진 제 돈이 감사했습니다.

제가 이렇게 적게 소유할 수 있어서 더욱 많은 이들에게 돈이 돌아갈 것이 아닙니까. 제가 이렇게 적게 소유하여서 더욱 나누고 베푸는 삶을 실천할 수 있는 것이 아닙니까.

하나님께서 지으신 성경에, 이런 구절이 있다는 것을 기억합니다. 사람이 자신의 길을 계획할지라도 그 걸음을 인도하시는 이는 하나님이십니다. 이것은 온전히 제 마음속 깊숙이 뼛속 깊이 자리 잡습니다.

나는 그저 건강하고 공부도 잘 했기에, 주님의 도움은 필요치 않고 모든 것이 잘되리라 생각했습니다. 지금은 건강하지도 않고 공부도 제대로 끝마치지 못했습니다.

하지만 내가 감사한 것은, 지금 살아있다는 것입니다. 살아있기 때문에 앞으로 올 미래를 위해 더욱 노력할 수 있고, 살아가면서 힘듦을 겪으며 성장해 온 나 자신을 보기에, 그 보람이 어마어마합니다.

당신이 존재하셨기에 내가 살아 있을 수 있습니다. 당신의 은혜가 임하기에 나는 오늘도 웃을 수 있습니다. 당신의 은혜가 충만한 이 삶에 감사하며 당신께 오늘도 사랑의 인사를 건넵니다.

하늘은 얼마나 아름다운가요? 한국에 내린 많은 눈을 바라보며 당신의 경이로움을 느꼈습니다. 눈이 이토록 아름다운데, 아름다운 눈을 보내신 하느님은 얼마나 더 아름다운 분일까?

만물이 소생하는 봄을 맞이하도록 희망의 눈으로 축복하시는데, 하느님은 인간이 살아 있으면서 행복하기를 바라시는데, 어찌 하느님을 찬양하지 않을 수 있을까?

하느님이 인간을 지으신 목적도 성경 어느 구절에서 봤는데, 자신을 찬양하게 하기 위함이라 하셨는데, 하느님이 나를 이렇게 축복하시는데, 하나님을 어떻게 기쁘게 하지 않을 수가 있겠는가?

하느님, 감사합니다. 주님께서 축복하며 펼쳐 주신 제 삶을 온전히 끝내고 인간의 본향인 하늘로 돌아가고 싶습니다. 그 곳에서 하느님의 말씀을 들으며, 서로 사랑하며, 기도하며, 서로 축복하며, 그렇게 아름답게 살고 싶습니다.

  그리고 그러기 위해 지금 이 생에서라도 연습해야겠습니다. 하느님의 말씀을 들으며, 서로 사랑하며, 기도하며, 서로 축복하며, 아름답게 살아가는 천국에서의 삶을 익히겠습니다.

  주님, 제 원대로 마시옵고 주님의 원대로 하시옵소서. 주님의 원대로 하시는 것이 제 소원입니다.

  사랑합니다, 주님. 감사합니다, 주님. 마라나타. 주 예수여, 어서 오시옵소서. 아멘(그렇게 될지어다).

하나님을 찬양한다는 것은

.
.
.
.
.

내 취미는 글쓰기(시나 수필), 노래 부르기(주로 하나님 찬양하는 신세대 노래, ccm), 노래 듣기(팝송, 대중가요, ccm), 사진 찍기, 예쁜 옷 골라서 사 입기이다. 그리고 나의 이 20대 시절에 생긴 취미생활은 나의 취미이자 특기로 자리 잡았다.

지금 이 브런치를 통해 이 수필을 올린다. 그리고 오늘 새벽에도 새벽 기도를 가면서 ccm을 들으면서 불렀다.

하나님은 인간을 자신을 찬양하게 하기 위해 만드셨다고 성경 어느 구절에 기록되어 있다.

내 두 눈으로 똑똑히 성경의 이 구절을 읽었으나 정확히 어느 구절에서 발견했는지는 기억이 안 난다.

하나님을 찬양한다는 것은 사막에서 기쁨이 샘솟는 오아시스를 발견한 것만 같은 즐거움이다. 하나님을 찬양한다는 것은 하나님께 그 분에 대한 사랑을 표현하는 최고의 방법이다.

다윗에 대한 ccm이 있는데, 그 노래에 이런 구절이 있다.
"나의 평생 단 한 가지 소원, 주의 전에 살면서 주께 사랑 노래로 고백하는 것이다"라는 이런 구절이 와 닿았다.
나도 이 노래 가사처럼, 나의 인생에서도 주께 사랑 노래로 사랑을 고백하면서 삶을 살아가고 싶다.

그리고 또 ccm 중에 내가 제일 좋아하는 곡은, 제이어스의 '여호와께 돌아가자'이다. 이 노래의 가사 내용은 이렇다.
우리가 하나님을 믿다가 잠시 등을 돌리더라도 주님(하나님)은 우리에게 등 돌리지 않으신다는 것, 끝없이 놀랍고도 크신 그 분의 사랑을 우리에게 부어주시면서 우리가 언제든지 여호와께 돌아오기를 원한다는 것. 사랑은 오래 참고 온유하다는 것, 그 분(하나님)의 우리를 향하신, 그렇게 위대하고 놀랍고 크신 사랑을 보여주신다는 것.

나는 하나님을 찬양하는 노래를 부를 때 너무나도 기쁘다. 특히 하나님을 찬양하는 신세대 노래, ccm을 부를 때 그러하다. 마치 천사라는 숭

고한 하나님의 아름다운 존재를 맞이한 것만 같은 기쁨이 그 순간에 흐른다.

그리고 또는 마치 내가, 지어진 목적(하나님의 뜻 전달)도 아름답고 외모도 천상의 것으로 무척이나 아름다운 천사가 된 듯한 느낌이다. 그리고 그러한 느낌이 드는 것은 그 찬양을 올려드리는 순간만큼은, 진짜로 하나님을 찬양하는(복음을 전파하는) 천사가 되기 때문일 것이다.

또, 주님의 탄생 같은 어린 내 아이의 탄생시 느끼는, 그 아이의 삶이 시작한다는 그 자체의 기쁨 같은 기쁨과 즐거움이 찬양을 올려드릴 때 느껴진다.

주님의 존재를 우리에게 알렸듯, 그 복음 시작의 기쁨. 화이트 크리스마스를 맞이할 때의 들뜨고 기쁜 느낌.

취미생활(노래 부르는 것뿐만 아니라도)을 하며 겪는 즐거움과 몰입의 기쁨. 고단하고 힘든 밤을 지내고 찬란한 아침 햇빛을 받는 느낌. 모든 고난을 끝내고 축복만이 남은 삶, 꽃길을 걸어가는 느낌.

비단 나의 고난과 시련이 여기서 끝이 아닐지라도, 주님이 함께하시기에 나는 그 길을 걸어갈 수 있다. 주님은 나의 친구요, 부모요, 선생이요, 왕이요, 제사장이시다.

주님, 주님을 알게 되어서 얼마나 기쁘고 영광스러운지 모릅니다.

항상 성령 충만한 삶을 살기 원하오며, 날마다 하루하루 정성스러운 오늘 하루도 산 제사로 올려드리오니 주님께서 받으시고 기뻐하여 주시옵소서.

주님, 천상에서 주님을 예배하고 찬양한다던데, 천상의 기쁨을 알게 해 주서서 감사합니다. 주님을 찬양하는 우리를, 죄와 죽음에서 살리고 부활하신 예수님처럼, 제 마음에 살아 있는 찬양을 드리오니 주님께서 받아주시옵소서, 감사하며 예수님의 이름으로 기도드립니다. 아멘.

하나의 공동체, 가족

・
・
・
・

 나는 가족과 보내는 시간이 가장 많다. 나는 친구들도 가끔 만나긴 한다. 하지만, 가족들은 항상 집에 오면 만날 수 있다. 함께 보내는 시간이 많기에 그만큼 얘기도 많이 한다.

 특히 난 부모님과 친하다. 부모님은 평일 오전, 오후에 직장에 출근하셔서 일하신 뒤, 저녁에나 들어오신다. 평일에는 저녁 7시 즈음 저녁식사를 같이 하고, 그 뒤로 tv를 같이 시청하면서 도란도란 얘기를 나눈다.

 학동 아남아파트로 이사 오기 전에 산수동 전원주택에 살 때는 엄마가 온전히 살림을 다 맡아 했었는데, 엄마가 힘들다고 우리에게 각자 임무를 맡겼다. 나는 주로 설거지 담당, 아빠는 주로 빨래 널기 담당이다.

 하지만 엄마가 설거지를 할 때도 있고, 아빠는 잠 온다거나 피곤하다면서 나에게 빨래를 널게 시킨다. 오늘은 웃겼다. 오늘 엄마가 피곤하다며 평소에 설거지를 자기가 많이 했다고 나보고 설거지를 시켰다. 그래서 투덜대다가 결국은 설거지를 했다. 그리고 빨래가 다 됐다며 엄마가 빨래를 널라고 했다.

그런데 아빠가 갑자기 곯아떨어진 척 연기하는 것이다. 방금까지 EBS에서 방영하는 세계테마기행을 두 눈으로 총총하게 본 뒤에 흐뭇하게 끝까지 본 사람이 말이다.

크크크, 아빠는 장난을 잘 치고 이쁘장하게 생겼다. 딸들은 아빠를 닮을 가능성이 높다는데, 아빠가 이쁘장하게 잘 생기면 그 아빠에게 나온 딸도 대개 닮아서 이쁘장하다고 한다.

우리 아빠는 피부가 하얗고 이목구비가 뚜렷하다. 그래서인지 나도 피부가 하얀 편이고 얼굴 크기에 비해 이목구비가 뚜렷한 편이어서 이쁘장한 편이다. 나는 아빠를 많이 닮았다. 사람들이 나보고 엄마도 닮았지만 아빠를 더 많이 닮았다고 한다.

나는 동생과는 사이가 좋지 않다. 어렸을 적에 잘 놀아주지 않았기 때문이라고 생각한다. 나는 그 당시 야동에 심취해서 야애니를 보거나 야동을 보곤 했는데, 동생은 아기여서 물들면 안 된다고 생각했다. 내가 우리 오빠가 야동 보는 걸 아무 생각 없이 따라보다가 나도 물들었기 때문이다.

그래서 나는 지금 와서 생각해 보니 이랬던 것 같다. 동생이 심심해서 자꾸 나랑 같이 있을려고 했는데, 나는 야동 보기 급급해서 그 아기였던 동생이 방문을 열면 나가라고 했다.

그래서인지 성인이 된 지금 동생은 방에 가족 중 한 명이 들어오면 나가라고 하기 급급하다. 그리고 오빠가 그랬는데, 동생은 간섭받는 걸 제일 싫어한다고 그랬다고.

그 날도 동생이 공부하다가 집에 늦게 들어왔다. 내가 살 때문에 걱정이라고 하자, 엄마와 동생이 식탁에 같이 앉아있으면서 동생은 뭔가 먹었던 것 같다. 내가 살이 잘 찐다고 그러자, 동생은 그럼 헬스장을 끊어서 운동을 하라고 했다. 그러면서 막 조언을 했다.

나는 평소에 동생이 날 싫어한다고 생각했었는데, 사실은 내가 동생이 싫어하는 행동을 해서 그랬던 것이다. 죄는 미워하되 사람은 미워하지 말라 하지 않았던가.

동생은 잠귀가 밝아서 자는 중에 무슨 소리가 나면 화를 내고 짜증을 낸다. 내가 일어나서 움직인 시간이 동생이 자는 시간이어서 동생은 짜증이 나서 막 나를 때렸다. 그러면 나는 팔과 다리가 멍들기 일쑤였다.

그리고 또 나는 용돈이 적어서 아낀다고 배달음식을 시켜 먹질 못하는데, 동생은 용돈이 충분한지 배달음식을 자주 시켜 먹었다. 그리고 남은 것을 싹쓸이하곤 했는데, 사실은 동생이 나중에 먹을려고 남겨둔 것이라서 또 맞았다. 어쨌든, 남자애라 그런지 힘은 되게 셌다. 조금만 맞아도 맞은 자리는 나중에 멍들곤 했다.

그리고 그 날 뒤에 시내에 나간 김에, 궁전제과에 들러 조언을 해 준

동생이 고마워서 동생 먹으라고 보트피자를 사왔다. 그런데 그 날은 수강신청을 한다고 동생이 친구 집에서 자는 날이었다. 피자가 땡기지 않아 남겨뒀다.

그런데 저녁이 되자 갑자기 피자가 먹고 싶어서, 피자를 해치워 버렸다. 엄마가 다음날 저녁에 누나가 너 먹으라고 피자를 사왔다고 했다. 나는 괜히 멋쩍었다. 내가 피자를 해치워 버린 다음이었기 때문이다.

그리고 그 날 뒤인 오늘은 시내에 나가서 렌즈와 속옷세트를 샀다. 그리고 분식을 파는 트럭을 탄 아저씨에게서 닭꼬치를 하나 사먹고 떡볶이 1인분을 포장을 해 왔다. 집에 와서 조금 먹으니 배가 불렀다.

그리고 남겨뒀더니 엄마가 먹고도 조금 남았다. 그래서 동생이 먹었다. 동생은 먹는 걸 되게 좋아한다. 동생은 용돈 중에 아마 식비가 제일 많이 들 것이다.

동생은 살이 잘 찌는 나에게 이리저리 조언을 해 주며, 간식 한 주먹거리가 밥 두 공기는 된다며 밥을 먹으라고 했다. 그 날이 지난 뒤, 다음 날 엄마가 일을 마치고 돌아온 저녁이었다. 엄마는 잠옷을 입고 신발장 주변을 청소하던 중이었다.

나는 말했다. 나는 동생이랑 친하게 지내서 속얘기도 별로 안 하는데, 엄마랑 동생은 속얘기를 한다고. 그랬더니 엄마가 그랬다.

"가족끼리 친하게 지내고 말고가 어딨대. 하나의 공동체인데."

가족은 옛날 말식으로 하면 식구이다. 밥을 같이 먹는 하나의 공동체라는 것이다. 그리고 친해질 때는 서로 밥 같이 한 끼 먹으면서 친해지질 않나.

그것도 그렇고, 가족은 한 집에 같이 사는 공동체이다. 한 집에 같이 살면서 이런저런 것을 같이 공유하질 않나. 먹는 밥도 그렇고, 나누는 대화도 그렇고, 하는 생각도 그렇고.

그리고 나는 동생에게 좀 더 살갑게 대해 줘야 한다는 생각도 들었다. 동생은 나를 싫어하는 게 아니라, 내가 하는 행동이 싫었을 뿐이다.

하나의 공동체, 가족. 많은 것을 공유하는 가족. 가족이란 이름 아래 행해지는 많은 것들이 나는 좋다. 같이 사는 것, 같이 먹는 것, 같이 TV 시청하는 것, 같이 얘기하는 것 등 등….

햇살이 책에 내려앉을 때

●
·
·
·
·

나는 지금 광주 동구 동명동에 있는 중앙도서관에서 타자를 두들기고 있다. 나는 도서관을 좋아한다. 왜냐하면, 책을 집중해서 읽을 때의 그 몰입감이 너무 좋다.

예쁜 원피스를 입고서, 곱게 화장한 얼굴로 한껏 꾸민 채로 집 밖으로 나선다. 오늘도 도서관에서 책을 읽을 때 느꼈던 도파민을 생각해 본다.

도파민은 일종의 행복 호르몬이다. 세로토닌은 집중호르몬이다. 하지만 30분인가 45분인가 정도로 집중 시간에 한계가 있다. 그 이상의 시간을 집중하게 해 주는 게 도파민이다. 사람이 극도로 집중할 때는 체내에서 도파민이 분비된다.

내게 있어 도파민이 제일 많이 분비되는 때는 글을 쓸 때이다. 글을 쓸 때는, 보통 수필 한 편을 쓰거나 시 한 편을 쓰기 때문에, 시간은 얼마 걸리지 않는다. 하지만 그 즐거움은 정말 말로 할 수가 없다.

나는 책을 집중해서 읽을 때, 그 느낌이 정말 좋다. 몸에서 시각이 확장된 채, 글을 보고 있노라면 모든 감각이 그 곳에만 쏠린 것 같다. 살아 있는 감각을 느낀다. 머릿속으로는 글을 보며 상상을 한다. 조금 더 인간다워지는 것이다, 생각함으로써.

나는 지금 글을 쓰고 있다. 도서관에 노트북을 가져와서 노트북의 자판을 두들기고 있다. 밖에는 비가 오지 않는다. 해가 비추고 있다. 하지만 도서관에는 전기등도 켜져 있다. 햇빛만으로는 부족한 빛과, 긴장시켜 주기 위한 빛을 비추고 있다고 생각한다.

귀에는 이어폰이 꽂혀져 있다. 유튜브로 팝송을 틀었다. 알아듣지 못할 가사를 흥얼거리는 게 좋다. 아름다운 음악에 아름다운 목소리가 덧입혀져 나오는 소리 자체가 좋다.

책을 읽는다는 건, 간접경험을 넓힘으로써 삶을 좀 더 즐겁고 풍요롭게 만드는 것이란다. 어떤 일본 작가가 그랬다. 그렇다. 취업이 안 되고, 돈은 없고, 친구도 별로 없고, 그런 시간만 많은 상황에서 최대한 즐거운 시간을 보낼 수 있는 방법은 무엇일까?

그건 바로 책읽기다. 책을 읽음으로써 지성을 넓혀가기 때문에 나는 아무것도 못하고 있다, 는 그런 일종의 자기비난과 빨리 취업해야 한다, 는 압박이 주는 무게감으로부터 잠시나마 벗어날 수 있는 것이다.

　미래에 없어질 직업 중에 작가가 있던데, 참 참담하고 안타깝다. 단지 영상과 인터넷으로는 못 전할 책의 묘미가 있는 건데 말이다. 그래서 나는 종이책이 주는 묘미를 아는 사람으로써, 전자책은 보지 않는 사람이다. 책은 활자화되어 있어서 거짓이 없다.

　인터넷에는 거짓 정보도 많다고 한다. 하지만 책은 믿을 수 있다. 책은 쓰는 사람의 책임감이 더해지고, 책을 쓸 수 있는 사람도 한정되어서(책은 대부분 작가로 등단해야 낼 수 있다.) 그런 것 같다. 하지만 인터넷에는 아무나 글을 쓰고 올릴 수 있다. 그리고 인터넷의 익명을 악용해 악성 댓글을 쓰는 사람도 있다.

　햇살이 책에 내려앉을 때, 그러니까 햇빛을 받으며 책을 읽을 때, 그 느낌은 정말이지 말로 할 수 없이 좋다. 열심히 살고 있다는 느낌. 지성을 넓혀가는 느낌. 샤워를 마친 뒤의 느낌과 비슷하다. 샤워한 뒤, 개운하고 뽀송뽀송한 느낌말이다. 샤워로는 몸이 깨끗해져서 기분 좋지만, 독서로는 내 머리가 좋아지고 있다. 오늘도 보람차다는 느낌이 좋다.

　지금은 6월의 햇살이 내리쬐는 어느 날의 12시 39분이다. 점심시간이

니만큼 점심을 먹어야겠다. 무엇을 먹으면 좋을까. 그래. 오늘은 돈까스로 결정했다. 돈을 아껴야 하니깐. 그러면서도 맛있는 거. 그러면서 살도 덜 찌는 거. 탄수화물은 살찌니깐, 단백질 위주로. 돈까스는 5천원 정도 하니깐.

무엇을 먹으면 좋을까. 웬지 무엇을 읽으면 좋을까, 하고 결정하는 것과 비슷하다고 느껴진다. 지금 내가 도서관에 있고, 책을 읽고 있기 때문인 걸까. 살면서 결정은 반드시 해야 하는 삶의 선택의 순간들이다. 내가 듣고 있는 이 음악도, 내가 결정했기 때문이다.

이 글을 다 쓴 뒤에는 점심을 먹고, 아이스 아메리카노를 들고 도서관에서 느긋하게 책을 읽을 예정이다. 이것도 미리 한 결정, 예정이다.

인터넷으로 책을 주문했다. 과학쪽이었다. '다정한 것이 살아남는다'인데 사람들 간의 사랑과 우정을 과학적으로 풀어낸 것 같았다. 과학쪽이라서 과학쪽으로의 지성을 넓히고 싶은 내 지식욕을 자극하던데, 너무 어렵지는 않았으면 좋겠다. 초보 과학서적 독자로서 말이다. 하하하.

지금도 햇살이 책에 내려앉고 있다. 전기등의 불빛도 책에 비추고 있다. 시간은 흘러가고 있다. 그렇게 햇살이 어느새 책의 마지막 장까지 비출 것이다.

혈액형

.
.
.
.

혈액형별 성격 분석을 믿냐고? 나는 어느 정도 믿는다. 그러니깐 혈액형별에 따른 성격이 어느 정도 맞는 사람도 있고, 어느 정도 안 맞는 사람도 있다고 본다.

나는 O형이다. O형은 활발하고 다혈질이라는데, 나는 사람들이 대개 나를 O형이 아니라 A형인 줄 착각한다. 소심하고 사려깊다는 것. 나는 친해지는 데 시간이 많이 걸린다. 낯을 가린다기보다는 친해지는 데 시간이 많이 걸린다. 그리고 내가 말하는 친해짐이란, 속내를 털어놓고 비밀을 털어놓기까지 진짜 친구가 되는 데 걸리는 시간 말이다.

초등학교 때 친했던 동네 단짝 중에 A형이 있었다. 그리고 지금 그 친구는 서울에서 치과의사를 하고 있는 것 같다. 광주의 치의전을 졸업하고 나서 서울로 갔으니.

현재 내 제일 친한 최측근에는 교회 친구가 있는데, 이 친구도 A형이다. O형과 A형은 찰떡궁합이라고 한다. 내가 옛날에 즐겨보곤 했던 순정만화 모음집, 파티나 밍크 같은 만화잡지들에서 봤던 혈액형별 분석에서 그랬다. O형과 A형은 환상의 짝꿍이라고.

왜 그럴까 하고 보니, O형은 말하는 걸 좋아하고, 기분이 이랬다가 저랬다가 한다. 그런데 A형은 들어주는 걸 좋아하고, 침착하니깐 그런 것 같다. 하지만 내가 내 10년이 넘은 교회 친구와 이런 관계는 아니다. 오히려 나는 그 친구의 말을 들어주는 편이고, 나는 기분이 항상 들떠있는 편이다. 그 친구는 말하기를 좋아하고, 또 가끔씩 우울해 하다가도 농담을 곧잘 하고는 한다. 그리고 언제나 그렇듯이 마무리는 웃으며 좋게 통화나 카톡을 끝낸다.

결과적으로 말하자면, 나는 혈액형별 성격 분석을 거의 믿지 않는다. 내 성격은 일반적인 O형의 성격이 아니기도 하고. 미국인들은 대부분이 O형이라는데, 그들의 성격은 모두들 다르지 않은가.

하지만 O형과 A형이 찰떡궁합이라는 것에는 동조한다. 왜냐, 내가 그렇게 겪어봤으니깐. 사람은 자기가 아는 사실이 자기의 경험상 맞다면, 그 사실을 일반화시켜 버리는 경향이 있다. O형과 A형이 찰떡궁합이라는 것도 내 경험상 맞는 사실이라 일반화시켜 버렸는지도 모르겠다. 하지만, 내가 겪어본 세계에서는 이 rule(규칙)이 맞으니깐.

 우리 아빠는 O형이고, 우리 엄마는 B형이다. B형은 성격이 센 사람이 많단다. 내 말로는 성격이 더럽다고 생각하는데, 친구 말로는 성격이 세단다. 어쨌건 간에, 나는 B형과는 잘 맞지 않는다고 생각한다. 우리 엄마가 B형이니깐. 우리 엄마와 나는 티격태격하며 싸운다.
 엄마가 생트집을 잘 잡는다. 내가 친구도 별로 없는 데다가 아빠가 나를 이뻐해서, 내가 아빠랑 좀만 친하게 지내면, 아빠 애인이냐고 그러고. 어렸을 때는 엄마 옷을 호기심에 입어봤다가 엄마가 자기 옷을 왜 입냐고 혼냈다. 나도 사람인데, 여자인데, 엄마 옷을 한 번쯤은 입고 싶어보지 않았을까. 엄마 옷은 이쁜 옷이 많으니깐.
 그리고 우리 오빠도 B형인데, 성격이 잘 맞지 않는다. 오빠는 어렸을 때는 무지하게 폭력적이었다. 남자들 성향상 화가 나면 주먹부터 올라오는 건지는 모르겠지만. 내가 무언가 잘못을 크게 해서 오빠가 내 머리를 연신 두들겨 패서 머릿속에 외상을 입은 적이 있다.
 그리고 아무튼 살면서 정말 뭔가 많이 어긋났다. 그렇게 해서, 나는 집안에서는 외로웠지만, 그렇게 혼자 외로움을 견딤으로써 스트레스가 많은 인간관계(인간관계 자체가 스트레스가 많다 보니)를 일구어내지 않아도 됐으니 오히려 다행인 줄도 모르겠다.

스트레스 받는 인간관계는 이렇다. A와 B가 친하게 지낸다고 할 때 A
가 일방적으로 B에게 스트레스 받는다고 맨날 징징대고 좋은 일은 일절
얘기하지 않는다. 또는 A가 B를 하수로 보고, 심부름이나 부탁 같은 걸
쉽게 한다. 심부름이나 부탁 같은 게 자존심을 건드는 일이거나 매우 힘
든 일임에도 불구하고. 또는 A가 매번 약속을 할 때마다 핑곗거리를 늘
어놓으며 약속시간을 지키지 않는다.

눈치 챘는가? A는 내가 인간관계를 끊어냈던 친구 중 한 명이다. B는
나였고. A가 맘에 안 들었던 이유는 여러 가지였는데, 기억이 안 난다.
어찌 됐든, 스트레스 받는 인간관계는 역지사지를 생각하면 쉽다. 상
대와 내 입장을 바꿔보고 생각하는 것이다. 상대가 나였다면, 그리고 내
가 상대였다면 이래도 될까? 하고 조금만 더 그 바뀐 상대 입장에 대해
생각해 보면, A도 인간관계를 끊어낸 B입장이 이해되지 않을까?

혈액형에 따른 성격 분석을 믿느냐고? 성격은 천차만별이다. 혈액형
은 단 4가지이다. 나는 혈액형별 성격 분석을 100%까지 완전히 신뢰하
지는 않는다. 한 사람에게는 혈액형뿐만 아니라 수많은 변수가 그 삶에
작용한다. 가족관계, 직업, 용돈, 나이, 친구, 학창시절, 친구들, 취미, 특
기, 버릇 등 등….

힘든 삶을 살아가는 이들을 위하여

·
·
·

힘든 삶을 살아가는 이들을 위하여, 이 글을 바칩니다.

나는 수없이 많은 고통을 겪었습니다. 죽지 못해 살고 있다고 해도 과언이 아닙니다. 하지만 그럼에도 살아있어서 감사합니다. 살아가다 보면 언젠가는 희망이 열릴 것입니다.

주님께 의지합시다. 주님께 기도하며 나아갑시다. 행여 나아지는 게 없더라도, 마음의 위로를 얻는 것만도 얼마나 큰 주님의 은혜인지 모릅니다. 마음의 위로를 얻고 희망을 가지고 살다 보면 어느 샌가는 그 고난 틈새로 삐져 나오는 햇살 덕분에 싹튼 자신을 발견할 수 있을 것입니다.

전학 가서 학교에서 기대치와는 낮게 나오는 성적 때문에 고민했고,

학교에 적응하지 못해서 맘 터놓는 친구가 별로 없었습니다. 그리고 살이 고도비만까지 쪄서 맞는 옷이 없었고, 살을 빼기까지 엄청 고생했습니다. 그리고 고등학교 때 사춘기를 심하게 겪어서 공부를 고등학교 1학년 1학기까지만 했습니다.

고3때 허리와 다리가 심하게 다쳐서 병원에 입원해 건강을 회복하기까지 시간이 오래 걸렸으며, 현재도 마음이 아픈 병을 갖고 있습니다. 그리고 고등학교 때 공부를 안 한 것 때문에 나이 먹은 지금 33살까지도 공부하면서 취업을 못해서 취업에 전전긍긍하고 있습니다. 이제는 간호조무사학원을 다니려 합니다.

기대치보다 훨씬 낮은 성적, 친구 없이 학교를 다니는 외로움, 살이 잘 찌고 100kg 가까이 나가는 고도비만이었으며, 이제 와서 늦은 공부를 하고 있지만 너무 지쳤고, 하지만 그럼에도 나는 살고 있습니다.

살다 보니 성적이 삶의 우선순위가 아니며 취업을 하기 위해 공부하는 것이니, 자기에게 맞는 일자리만 찾아도 감사하다는 것을 깨달았습니다. 중학교 때 전학 가서 친구가 없는 트라우마로 정신적 충격을 먹어서 대학교 졸업할 무렵까지 외롭게 살았습니다.

하지만 살다 보니 사회성도 생기고, 친구들도 하나둘 생겨나기 시작했습니다. 그리고 살이 잘 쪄서 적게 먹고 운동했고, 의학의 힘을 빌리기도 했으며, 지금도 몸 관리를 열심히 하고 있습니다.

그리고 나는 공부하기에 너무 지쳐서 그냥 간호조무사학원을 다니며 따로 개인공부는 하지 않고 학원에서만 열심히 하려 합니다. 그러나 국가고시 시험 볼 때쯤에는 기운차려서 다시 열심히 할 수 있겠죠.

살다 보면 살아갈 방법이 생깁니다. 한국 사람들이 자살하는 경우가 많은데, 안타깝습니다. 물론 나도 자살시도를 몇 번이나 했고, 계속 실패해서 살고는 있지만, 살아가면서 겪는 행복들도 많습니다.

하나님의 본심은 우리가 이 세상을 행복하게 살아가는 것이라 하셨습니다. 소중한 사람들, 가족들, 친구들, 선생님들, 교회 사람들, 주변의 친한 사람들…, 소중한 사람들을 생각하십시오. 그 사람들이 당신이 없음으로 겪을 고통을 생각하십시오.

나는 한 때 내 친구가 매 맞는 것을 보면서 내가 매 맞는 것보다도 마음이 아파서 울었습니다. 그리고 나의 힘든 상황을 친구가 가슴 아파할까 봐 알리지 않았습니다. 하지만 슬픔과 고통은 나누면 절반이 됩니다. 기쁨과 즐거움은 나누면 배가 됩니다.

살아갈 내일을 생각하십시오. 희망을 기대하며 하나님께 기도하십시오. 기도하며 노력을 하다 보면 희망찬 내일이 열릴 것입니다. 하늘은 스스로 돕는 자를 돕는다 하였습니다. 이 말은 하나님은 스스로 노력하는 자에게 기회를 주신다는 것입니다.

그리고 성공보다 행복이 더 중요합니다. 성공은 경쟁이 많아 힘들지만, 행복은 소확행(소소하고 확실한 행복) 즉, 사랑하는 사람들과의 관계, 좋아하는 취미에 몰두할 때의 즐거움, 운동하고 난 뒤 샤워하는 것 등 자신의 행복을 찾아보십시오.

그리고 성공하기 위해서 노력하되 자신의 행복을 중간중간 심어놓고 행동하는 것을 잊지 마십시오. 삶은 힘듭니다. 살아가는 자체는 스트레스입니다.

하지만 살아감으로써 겪는 행복도 많습니다. 저는 삶을 스트레스로 받아들이기보다 행복에 초점을 맞추려 합니다. 취업준비생들, 친구가 없어 고민하는 사람들, 사랑에 실연당해 아파하는 사람들, 몸이 아프거나 마음이 아픈 사람들…, 모두 힘내십시오.

나는 이것들을 다 겪어봤습니다. 모두 힘내십시오. 제가 해 줄 수 있는 말은, 희망을 가지고 노력하다 보면 언젠가는 그 희망이 찾아온다는 것입니다. 모두 힘내십시오.

새벽 감성

·

지은이 / 강보영
발행인 / 김영란
발행처 / **한누리미디어**
디자인 / 지선숙

·

08303, 서울시 구로구 구로중앙로18길 40, 2층(구로동)
전화 / (02)379-4514, 379-4519
Fax / (02)379-4516
E-mail/hannury2003@daum.net

·

신고번호 / 제 25100-2016-000025호
신고연월일 / 2016. 4. 11
등록일 / 1993. 11. 4

·

초판발행일 / 2024년 1월 2일

·

ⓒ 2024 강보영 Printed in KOREA

·

값 15,000원

·

·

ISBN 978-89-7969-883-1 03810